CW00855305

Première édition Décembre 2020
Dépôt légal Décembre 2020
© Cherry Publishing
71-75 Shelton Street, Covent Garden, Londres, UK.

ISBN 9781801160568

Un Noël au Som(met)

Heather S. Wood

Cherry Publishing

Pour recevoir gratuitement le premier tome de Sculpt Me, la saga phénomène de Koko Nhan, et toutes nos parutions, inscrivez-vous à notre Newsletter !

https://mailchi.mp/cherry-publishing/newsletter

CHAPITRE 1

Me voilà arrivée en enfer.

Parce que cette année, pour Noël, je passe deux semaines de vacances en enfer. Ben oui, c'est original comme destination…

Des vacances de rêve, luxueuses et tous frais payés par le mari de ma sœur. Comme si ça existait les vacances de rêve en enfer ! Mais le fait est que la plupart des gens adoreraient être à ma place. Seulement voilà, je me plais à ne pas être comme la plupart des gens, de toute façon, et là, j'ai vraiment l'impression d'être en plein cauchemar ! Si l'envie de revoir ma sœur et mes nièces n'était pas si forte, je serais restée passer Noël au paradis avec mon ami Jörvi.

Mon enfer à moi est blanc. Très blanc. Mais ce n'est pas la blancheur qui m'inquiète, c'est le froid qui va avec. Je déteste la neige, la glace, la poudreuse ou les glaciers ou tout ce qui est blanc et froid. L'eau froide, ce n'est pas ce que je préfère, mais je supporte. Une bonne combinaison de plongée et hop, c'est parti ! Mais la neige, je déteste, allez savoir pourquoi. En tout cas, j'ai toujours réussi à éviter les vacances à la montagne jusqu'à présent et là, venir en plein hiver, c'est franchement du grand n'importe quoi.

Me voilà donc dans mon enfer blanc et froid.

Et comme je ne peux pas arriver les mains vides dans le chalet de luxe de mon beau-frère, je m'apprête à sortir de ma voiture pour aller acheter un gâteau dans l'une des boulangeries de la station. J'avais peur qu'en l'achetant avant, il finisse décomposé d'ici mon arrivée, parce qu'il fait un peu chaud dans ma voiture. Voire *très chaud*. Après tout, il faut bien compenser l'enfer glacé du dehors…

Je suis donc garée devant la boulangerie. Heureusement, j'ai tout prévu ! Mes *moonboots* sont devant le siège passager, alors j'enlève mes baskets pour les mettre. Puis j'enfile quelques pulls par-dessus mon débardeur. Puis ma doudoune.

Enfin, je m'équipe d'un bonnet, d'une écharpe et de gants.

Je frissonne d'avance alors que je n'ai pas encore quitté la chaleur de l'habitacle de mon véhicule de location.

Je sursaute quand on frappe à ma fenêtre. Je dois essuyer la buée qui s'est formée rapidement sur la vitre pour voir qui est là. Je regarde : c'est un homme, mais je ne le reconnais pas. En même temps, je ne connais personne ici ! Il est blond avec des mâchoires carrées et des lunettes de soleil. Il a le teint hâlé et une bouche bien dessinée. Je vois d'autres passants, alors je me dis que je ne risque sûrement rien à parler à cet autochtone sur le parking. J'entrouvre la fenêtre et plisse les yeux, l'interrogeant du regard.

— Tout va bien ? me demande-t-il alors.

— Ben… oui, pourquoi ça n'irait pas ?

— Je ne sais pas, avec la buée, les mouvements de la voiture et les bruits, je commençais à me demander si… s'il n'y avait pas l'échappement qui… enfin…

— Vous pensez que j'essaie de me suicider ?

— J'essaie de comprendre pourquoi votre moteur tourne depuis une demi-heure sur le parking…

J'éteins le moteur et sors pour me planter devant lui. Il fait deux têtes de plus que moi, mais je ne me dégonfle pas. Je pose mon index sur son torse.

— Et qu'est-ce que ça peut bien vous faire, ce que je fais de mon essence ?

— C'est que c'est peu écologique…

— Ah, parce que les remontées mécaniques qui déforment le paysage, qui bouffent un max d'électricité et toute l'activité ici, c'est écolo ?

Il se met à rire et mon index, dans mon gant, s'agite en même temps que son torse. Je regarde sa musculature parfaite sous son tee-shirt.

Ben oui, un tee-shirt, quoi, c'est tout !

— Mais ça ne va pas ? Vous voulez tomber en hypothermie ou quoi ?

Il rit de plus belle. Apparemment, je l'amuse beaucoup. J'observe ses dents blanches et bien alignées, ses jolies lèvres... des dents blanches comme neige. Il se moque de moi, je le déteste.

— Thermolactyl, répond-il simplement en se calmant un peu.

— Oui, mais ça reste un tee-shirt.

— À manches longues.

— Mais un tee-shirt.

— Vous avez besoin d'aide ?

Je me retourne vers l'endroit où pointe son menton : le siège arrière de ma voiture.

— C'est sûr que si vous prévoyez de vous habiller autant chaque jour, ça fait beaucoup d'affaires à amener pour une semaine de ski... À moins que vous n'emménagiez définitivement ? En tout cas, les valises, ça ne glisse pas très bien dans la neige, alors si vous voulez un coup de main pour les monter...

Cet imbécile pense que j'ai loué un appart dans l'immeuble. Comme si, de moi-même, j'avais décidé de venir passer des vacances en enfer dans un studio de touriste. C'est vraiment un détraqué, ce type ! Et il croit quoi, que les valises, ça roule dans le sable ?

— Pour votre information, bien que ça ne vous regarde pas du tout, je vais juste à la boulangerie.

— Donc, vous êtes juste de passage ?

— Vous êtes de la police ?

— Peut-être bien...

Je m'arrête. S'il est vraiment de la police, a-t-il le droit de me questionner comme ça ? Juste parce que j'ai laissé tourner mon moteur sur un parking un peu longtemps ? Est-ce possible que la police de la montagne se balade en tee-shirt Thermolactyl plutôt qu'en uniforme ?

J'ai ma réponse quand il se met à rire. Un son merveilleux qui pourrait me plaire s'il ne s'en servait pas pour se moquer constamment de moi.

— Vous êtes de passage ou vous restez la semaine ?

— Mais qu'est-ce que ça peut vous faire ?

— Ça peut me faire que j'aimerais bien vous revoir.

— Parce que si je suis là pour une semaine, ça change tout, on peut se voir, se revoir, se marier, avoir des enfants et mourir ensemble ? En même temps, je suis déjà en enfer, alors pourquoi ne pas en profiter pour mourir ?

J'agite les bras de manière dramatique et termine la main sur le cœur, prête à en finir. Mais lui ne rit plus, il se renfrogne, l'air triste. Je suis sans doute allée un peu loin, mais il se moque de moi, alors j'ai bien le droit de me défendre, non ?

— Bon, vous me laissez aller à la boulangerie ou vous voulez continuer à vous moquer de moi pendant que je me transforme en glaçon ?

— Désolé. Bonnes vacances, mademoiselle !

Et il s'écarte de mon chemin. Je relève la tête et passe devant lui aussi fièrement que ma tenue et mes *moonboots* me le permettent...

Lorsque je sors de la boulangerie, un gâteau à la main, le bel inconnu énervant a disparu.

CHAPITRE 2

— Emma ! Te voilà enfin, je commençais à me faire du souci, je sais que tu n'aimes pas les routes de montagne.

— S'il n'y avait que les routes !

— Oh, ne commence pas à râler, je suis si contente de te voir !

— Moi aussi, Emily, m'adoucis-je en la prenant dans mes bras.

Nous restons un moment dans l'entrée du chalet à nous étreindre. J'adore ma sœur et nous avons peu l'occasion de nous voir depuis mon déménagement en Martinique. J'ai lâchement fui la France et mon ex mais ma famille me manque énormément.

Nous finissons par nous relâcher et j'en profite pour me débarrasser de mon manteau et de mes bottes. Il fait chaud à l'intérieur et c'est rassurant pour le reste de mes vacances. Je vais peut-être passer deux semaines sans sortir de ce chalet… Ça me changera de ma vie habituelle, que je passe entre ma terrasse et la plage. De vraies vacances, quoi ! Dépaysantes et chaudes…

— Tu n'as pas trouvé plus clichées que ces *moonboots* ?

— Hé ! C'est toi qui me les as offertes il y a trois ans.

— Justement, elles sont un peu passées de mode, non ? En plus, je te les avais offertes pour rigoler !

— Ah ! Ah ! Ah ! Eh bien, figure-toi qu'elles sont chaudes et confortables et que je n'ai pas grand-chose d'autre à mettre pour venir ici. D'habitude, je vis pieds nus ! Où sont mes petites nièces adorées ?

— Ah ! Greta est arrivée, alors je suis officiellement en vacances…

Greta est la belle-sœur de ma sœur. On pourrait croire à des origines germaniques avec ce prénom, mais moi, je crois qu'elle est plutôt pieuvre croisée araignée. Parce qu'avec ses deux enfants, des

9

garçons, et les jumelles de ma sœur, elle ne paraît pas du tout débordée. Elle sourit en permanence, tout en utilisant ses huit tentacules pour changer les couches, nourrir les enfants et leur faire prendre leur bain pendant que, de ses huit yeux, elle observe ce que chacun fait pour qu'ils ne fassent ni bêtises ni rien de dangereux. Ah oui, elle a aussi un peu de la colombe, parce qu'elle réalise tout cela en roucoulant tranquillement avec son mari…

Mais n'imaginez surtout pas une bête étrange et terrifiante, elle est belle avec des mensurations à tomber malgré ses deux grossesses rapprochées… Il y en a qui ne sont simplement pas humaines ! C'est de la triche, mais bon, elle est tellement adorable que je ne peux même pas lui en vouloir… Heureusement, je peux quand même râler intérieurement face à tant d'injustice.

Elle est tout simplement aussi parfaite que son frère, le mari de ma sœur, Roy.

L'histoire de la rencontre de ma sœur et de son mari est un véritable conte de fées des temps modernes. Je manque de m'étouffer et de vomir à chaque fois que quelqu'un la leur fait raconter. Mais en même temps, je suis vraiment heureuse pour eux. Sûrement un peu jalouse, même si je me vois mal en arriver un jour au même point puisque je me contente de relations d'un soir depuis des lustres… enfin, depuis mon presque ex-mari. Moi aussi, j'ai cru à mon idylle, puis tout s'est écroulé. Alors maintenant, je ne crois plus en l'amour.

Pas pour moi, en tout cas, et je ne crois plus en moi du tout, d'ailleurs… Et c'est bien fait pour moi, puisque tout est ma faute et que je l'ai bien cherché.

— Tata Emma !

Mes nièces, Fabia et Fiona, me sautent dans les bras et je les serre contre moi. À ce moment-là, je ressens bien à quoi ressemble de l'amour inconditionnel et sincère, comme pendant l'étreinte avec ma sœur en arrivant. Et c'est vrai que ça fait un bien fou ! Je crois que ça me manque quand même un peu… C'est intense et de courte durée, parce que les deux petites chipies retournent jouer avec leurs cousins aussitôt leurs baisers récoltés. Je souris en les regardant reprendre leur jeu et je salue Greta, que je n'ai pas vue depuis Noël dernier. Puis ma sœur se confie à voix basse :

— Papa est arrivé aussi, avec Maman numéro deux, tu vas voir, c'est flippant !

— J'ai toujours du mal à l'imaginer. Tu aurais dû m'envoyer une photo. Elle ressemble tant que ça à Maman ? Qu'est-ce qu'elle va dire, tu crois, quand elle la verra ?

— Maman l'a déjà rencontrée et, quand je lui ai demandé ce qu'elle en pensait, elle a juste haussé les épaules.

— Donc tu en rajoutes, elles ne se ressemblent pas tant que ça !

— Ce ne sont pas Fabia et Fiona, mais quand même, c'est frappant, tu verras.

— Tu en as parlé à Papa ?

— Tu connais Papa… Il m'a dit : « Ah, tu crois ? Oui, tu as sûrement raison ma chérie, mais qu'est-ce qu'on peut y faire ? ».

— Ah ben oui, cette attitude a toujours résolu tous ses problèmes jusqu'à présent, alors pourquoi en changer ?

Nous papotons un moment à propos de nos parents pendant que ma sœur nous prépare un thé. Il fait vraiment chaud dans le chalet avec la cheminée, mais il va me falloir ressortir plus tard pour un dîner au restaurant, alors j'espère qu'un thé me réchauffera de l'intérieur. Ainsi, je devrais pouvoir survivre à ce froid glacial lorsque j'y serai de nouveau confrontée.

En outre, je peux me permettre de remercier chaudement Rudy, le majordome de ma sœur, qui a pensé à rentrer mes valises. Je rejoins donc un moment la chambre qui sera la mienne lors de ces vacances. Elle est superbe et, après mon voyage en avion, une bonne douche me fait un bien fou. Malgré le décalage horaire, je me sens plutôt en forme. Je m'habille – chaudement, bien entendu – et retourne dans le salon pour jouer avec mes adorables nièces. Enfin, adorables quand elles ne sont pas en train de se disputer, évidemment. Elles réclament toutes les deux mon attention et je ne sais plus où donner de la tête.

Heureusement, Roy arrive et intervient pour remettre un peu d'ordre. Il était parti chercher ma mère à la gare et je me lève pour les saluer tous les deux. Je suis si contente de les voir ! Ma mère et sa bienveillance m'ont vraiment manqué. Elle est douce, agréable et toujours souriante. Elle ne cache pas son émotion de m'avoir auprès d'elle pour les fêtes et je suis moi-même émue par ses effusions.

J'apprécie aussi beaucoup Roy. Je ne le connais pas suffisamment, mais je sais qu'il rend ma sœur heureuse et il ne m'en faut pas plus pour l'aimer ! Nous bavardons un moment tous ensemble, jusqu'à l'arrivée de mon père et sa « copine » ou sa « compagne ». Peut-être son « amie ». Enfin, un truc entre guillemets en tout cas, parce qu'il change régulièrement. Et là, ça me saute aux yeux, ma sœur avait raison : c'est le portrait craché de ma mère ! C'est carrément flippant ! J'essaie de ne pas paraître trop étonnée, mais je suis tout de même abasourdie. Je prétends auprès de mon père que c'est le décalage horaire et Emily me sauve la face en nous rappelant que nous partons pour le restaurant dans moins de vingt minutes. Nous nous rendons donc tous rapidement dans nos chambres pour nous préparer avant le départ parce que, ce premier soir, chaque famille se réunit de son côté : ma sœur et son mari seront donc séparés. Avec ma famille et Maman numéro deux, nous avons prévu de sortir au restaurant alors que Roy et les siens restent au chalet et gardent les enfants.

CHAPITRE 3

Retour en enfer.

J'étais bien au chaud dans le chalet. J'aurais préféré que notre famille reste et que les autres aillent au restaurant, mais bon, c'est quand même leur maison à eux... Secondaire, mais la leur. Je monte donc dans le grand taxi, heureusement bien chauffé, qui nous attend dehors et nous arrivons au restaurant avant que je ne me transforme en glaçon.

Encore une bataille remportée !

Du coup, plus que combien de temps à tenir ? Eh bien, nous sommes toujours le premier jour, alors encore deux semaines à survivre dans le froid, mais je sens que je tiens le bon bout.

Au restaurant, l'ambiance est cordiale entre tout le monde. Mes parents se sont toujours bien entendus, même après le divorce, et nous avons toujours continué à passer les fêtes de fin d'année et les anniversaires tous ensemble. Ils sont même toujours plutôt contents de se voir. Ma mère et la « copine » de mon père se découvrent rapidement des points communs et s'entendent plutôt bien, ce qui n'est pas étonnant vu comme elles se ressemblent. En effet, ce n'est pas qu'au niveau physique. Pourtant, c'était déjà suffisamment perturbant. Mais elles ont des mimiques, des comportements et des expressions similaires. Je décide de l'appeler Maman 2 parce que son prénom ne veut pas rentrer dans mon crâne. Emily me pince la cuisse à plusieurs reprises pour que je ferme la bouche avant de dire une bêtise. Heureusement, ma sœur me connaît bien...

Donc, grâce à Emily, qui me sauve la mise à plusieurs reprises, tout se déroule bien.

Le repas est montagnard et copieux. Une chose qui me manque vraiment sur mon île au chaud, c'est le bon fromage, alors je m'en fais un festin. Salade au saint-marcellin, tartiflette et je demande même le plateau de fromages. Ben oui, ça ne se fait pas après une tartiflette, mais je n'en ai rien à faire, j'ai encore largement la place de goûter à quelques délices. La copine de mon père me demande où je mets toute cette nourriture. Elle n'a pas tort, je ne suis pas très grande, pas très grosse et je mange comme une ogresse. C'est sûrement toute la chaleur et le sport que je pratique, ou tout simplement ma physionomie. En tout cas, je ne m'en plains pas et avale un dessert dans la foulée avec un café pour faire passer le tout. Psychologiquement, c'est important, le café, pour faire digérer.

N'empêche qu'en sortant du restaurant, je suis un peu ballonnée. Tous insistent pour faire un petit tour de la station à pied pour digérer, malgré le café. Sont-ils devenus fous ? Ils veulent se transformer en bonshommes de neige ou quoi ? Bon, j'avoue, il y a plein de monde dans les rues et les décorations sont magnifiques, mais il faut tout de même se méfier de la sournoiserie du froid. Si ça se trouve, demain, nous aurons tous des carottes à la place du nez !

Je finis par capituler et les suivre. De toute façon, je n'ai pas le choix, ils partent devant sans m'attendre. Mes parents ne semblent même pas me prendre au sérieux malgré mes peurs légitimes de mort par frigorification immédiate. Bon, je suis peu crédible, mais quand même, un peu de soutien parental, c'est la base, non ?

Nous nous promenons donc un petit moment et buvons même un vin chaud à un stand. Il y a une descente aux flambeaux et je dois bien dire que c'est très beau. Les participants restent bien en ligne, skiant en une belle ribambelle qui descend la piste en effectuant de beaux virages, tout en tenant les flambeaux. On dirait un serpent de feu qui descend sur la glace, le spectacle est envoûtant.

— Pas mal, non ? me taquine ma sœur. On ne pourrait pas faire ça en surf !

— Pff… dis-je en haussant les épaules, l'air blasé.

Oui, pas très élaborée comme réponse, mais sur le coup, je ne trouve rien d'autre.

Les parents (et Maman 2) décident qu'il est l'heure de rentrer, mais en Martinique, il est encore très tôt, alors ma sœur et moi décrétons que nous restons encore pour boire un verre « entre jeunes » dans un bar. Enfin, jeunes, plus tant que ça, mais nous avons très envie de nous retrouver toutes les deux. Parce que même si nous parvenons à nous parler régulièrement malgré la distance et le décalage horaire, ce n'est pas tout à fait pareil que d'être face à face et de vraiment partager un bon moment autour d'un verre.

Nous trouvons un endroit plus ou moins calme et nous installons au fond de la salle pour être tranquilles pour discuter. Nous parlons en premier de Maman et Maman 2 et de leur ressemblance. Nous rions beaucoup.

Puis une grande troupe arrive soudain dans le bar et fait un énorme bruit, mais nous parlons plus fort et continuons à nous amuser. Il semblerait que ce soient les participants de la descente aux flambeaux. Ils sont bruyants, mais mettent une bonne ambiance. En revanche, pas facile de se faire servir au bar avec le monde soudain présent !

Je tente tout de même de m'approcher pour commander des bières. Malgré moi, mon regard tombe sur l'inconnu de cet après-midi. Le mec énervant qui s'est moqué de moi sans vergogne. Il parle à une grande blonde avec des jambes interminables et une mini-jupe. Non, mais elle sait où on est, celle-là ? Et le temps qu'il fait dehors ? Elle veut un thermomètre ?

Il me remarque, mais je détourne le regard et le laisse à sa drague. À force de me débattre, je parviens finalement à mettre mes deux coudes sur le bar pour tenter d'attirer l'attention d'un des serveurs. Face aux cris des skieurs qui les appellent par leur prénom et les monopolisent, c'est peine perdue avec mon petit gabarit, mais je résiste et insiste.

— Cette fois-ci, on dirait que vous avez besoin de moi !

Je me tourne vers l'inconnu. Pauvre de moi ! De près et sans ses lunettes de soleil, il est encore plus craquant avec ses yeux bleu gris qui pétillent de malice. Mais je ne suis pas née de la dernière pluie. Cette malice, elle est dirigée contre moi et je ne vais pas me laisser faire ! Je n'ai pas oublié ses moqueries de cet après-midi.

— Pas la peine, retournez voir Barbie, elle sera peut-être plus sensible à votre drague lourdingue.

— C'est une cliente.

— Une cliente ? Alors vous êtes quoi, une espèce de gigolo ?

Il rit et se rapproche de mon oreille.

— Pourquoi, vous seriez intéressée ?

— Parce qu'il y a quelque chose d'intéressant ? dis-je en haussant les sourcils, l'air dubitative.

— Vous ne trouvez pas ?

Il se recule et me laisse le loisir de l'admirer. Quel goujat ! Il est beau, bien fait et il le sait. Il doit ramasser les filles à la pelle et, si les circonstances de notre rencontre avaient été différentes, je lui aurais peut-être proposé un rapprochement, mais là, il m'agace. J'en profite quand même pour le mater de haut en bas et de bas en haut, tout en tordant ma bouche dans tous les sens, évaluant la marchandise.

— Hum ! Non, je ne vois rien de bien intéressant…

— Dommage. En même temps… vous ne voyez pas tout.

— Subtil…

Je lève les yeux au ciel et secoue la tête.

— Marc !

Il se tourne vers un des serveurs alors que son cri me fait sursauter et Marc arrive. Ils se serrent la main puis enchaînent une série de gestes bizarres, une espèce de salut ritualisé. Non, mais ils ont quel âge ?

— Som ! Salut, mec ! Tu bois un truc ?

— Il faudrait d'abord servir la belle demoiselle.

C'est seulement à ce moment-là que Marc s'aperçoit de ma présence. Mais une fois qu'il m'a vue, il ne me lâche plus des yeux. Il se met même à siffler en me dévisageant. Ils ne peuvent pas avoir des comportements normaux ?

— Non, mais vous êtes tous des hommes des cavernes ici ou je suis tombée sur des clichés ambulants ?

Les deux hommes se regardent et se marrent. J'en ai ma claque d'avoir l'impression que personne ne me prend au sérieux ! Je tape du poing sur le bar, mais je vois bien que je ne les impressionne pas du tout.

— Tu me rends visite dans ma caverne quand tu veux, ma jolie ! reprend Marc. En attendant, qu'est-ce que tu bois ?

— Un truc qui réchauffe, cette petite a toujours froid, affirme mon inconnu de cet après-midi.

— Ah, mais si c'est ça le problème, moi je veux bien la réchauffer !

Ma théorie préhistorique se confirme... Je passe ma commande avec un air contrarié, même si ça reste agréable de savoir qu'on plaît, surtout à deux beaux spécimens comme ça. Marc m'apporte mes boissons et m'adresse un clin d'œil avant de repartir pour la commande de l'inconnu dont je n'ai pas compris le prénom.

— Je ne peux toujours pas avoir ton numéro ? Un rencard ?

— Pourquoi, tu as le téléphone dans ta caverne ?

— C'est une caverne moderne. Chaude... Très chaude...

Je lui souris narquoisement alors que sa bouche forme un baiser qu'il prétend m'envoyer. On continue dans le n'importe quoi. Je secoue la tête en soufflant, exaspérée.

Et sans répondre à ses avances lourdingues, je rejoins enfin ma sœur, qui n'a visiblement rien perdu de notre échange.

— Tu connais Som ?

— Comment ça, Som ? Le gars au bar ?

— Oui, c'est Som, il est super connu par ici, c'est un pro de la montagne. Il fait des vidéos, il est très plébiscité.

— Ouais, ben c'est un crétin !

— Avec toi, tous les mecs sont des crétins maintenant. Avant, tu n'étais pas comme ça.

— Oui, ça, c'était avant. Avant de me planter monumentalement ! Maintenant, je ne m'attache plus, je sais comment ça finit…

— Il est peut-être temps de tirer un trait sur cette histoire et cet échec pour construire autre chose, non ?

— Non.

— Ahhh ! Mais quelle répartie, bravo !

Je m'enfonce dans mon siège et croise les bras, bien décidée à ne pas élaborer.

— Merci ! Pourquoi Som ? Ça ne veut rien dire !

— C'est pour « sommet ». Apparemment, il est monté et a escaladé tous les sommets par ici. Il va toujours un peu plus haut, un peu plus loin que tous les autres.

— Il prend toujours un peu plus de risques, quoi !

— Et alors, ce n'est pas ce que tu reprochais à Nicolas ? Sa vie bien rangée, aucune folie ou spontanéité ?

— On peut parler d'autre chose ?

— Non. Tu ne veux jamais parler de ça, de toi. Dis-moi franchement, en me regardant dans les yeux, comment ça va ?

Je me penche alors vers elle et lui fais un grand sourire éclatant. Je la fixe intensément.

— Ça va.

— Tu me saoules !

— Ah, mais c'est parce que je commence à être sérieusement saoule !

— Alors, va lui donner ton numéro.

— À Som ? Avec un nom pareil, je ne peux pas. Ou alors, il va me falloir boire encore beaucoup.

— Alors, buvons !

Et ma sœur lève son verre avant de le finir d'un trait. Je suis sciée. Quelle descente ! Sur ce, elle se lève et part vers le bar. Un moment après, elle revient avec une rangée de shots de tequila, avec citron et sel. Ça me rappelle nos premières beuveries… Je m'étais promis de ne plus m'adonner à ce genre de déchéance, mais ma sœur me regarde avec un air de défi et, même si je sais où elle veut en venir, je me laisse amadouer. Elle dépose du sel sur sa main, le lèche et engloutit le contenu du premier verre. Alors qu'elle mord dans le citron, je ris.

— Eh ben, sœurette ! Au vu de ton expression à chaque ingrédient, je dirais que tu n'as pas fait ça depuis un moment…

— À toi ! Après on rigole, OK ?

Elle a l'air très sérieuse et je m'exécute, tentant de ne pas réagir aux saveurs extrêmes et diversifiées qui se succèdent rapidement dans ma bouche, mais ma sœur rit de moi et je pouffe, manquant de m'étouffer avec le citron, ce qui ne fait qu'accroître notre hilarité.

Un shot et nous sommes déjà dans un état catastrophique… Ça promet pour la suite, il y a encore quelques verres sur la table…

Surtout que nous avons déjà fait pas mal de mélanges ce soir. Entre l'apéritif pris au restaurant et le vin en mangeant, j'étais déjà bien pompette en arrivant. Nous avons ensuite bu deux bières et maintenant, les shots de tequila… Autant dire que nous sommes complètement saoules à présent. Nous rions tellement en nous rappelant les anecdotes de notre enfance que, malgré tout, nous finissons par tout boire. Nous profitons vraiment de ces retrouvailles et je suis contente de partager cette soirée en sa compagnie. Lorsqu'elle mord dans le dernier citron en faisant la grimace, Emily me fait un signe avec son menton en direction du bar, auquel je tourne le dos.

— Som est encore là et il n'arrête pas de regarder par ici... dit-elle en reposant le citron sur la table.

— Fais gaffe, il va te draguer... ou se moquer de toi, je ne sais pas. Peut-être les deux en même temps, il est doué pour ça !

— Ce n'est pas moi qu'il regarde, chère sœur.

— Et encore, il ne m'a pas vue sur la plage. En maillot avec mon surf, je suis quand même plus à mon avantage qu'avec mes *moonboots* et toutes ces couches de vêtements... j'écarte les bras et secoue la tête d'un air entendu, dévoilant tous mes charmes, ce qui fait rire ma sœur.

— Ouais, il va falloir revoir ton style... En attendant, file-lui ton numéro.

— Tu rigoles ? Au tombeur de ces dames ?

— Il connaît tout le monde ici, mais je ne l'ai vu draguer personne... sauf toi !

— Ouais, mais si c'était un psychopathe ? répliqué-je très sérieusement, un doigt sur la table et les yeux plissés. Je ne peux pas donner mon numéro à n'importe qui...

— Il est connu ici, mais pas pour ses crimes. Je pense que tu peux lui faire confiance.

— Faire confiance à cet homme des cavernes... sûrement pas ! Mais c'est vrai qu'il est plutôt craquant et que je ne risque sûrement pas grand-chose, dis-je en tapotant mes lèvres du bout des doigts.

— Amuse-toi, sœurette, je te trouve tristoune... Enfin, pas là, on s'amuse bien, mais tu n'es pas aussi gaie qu'avant... Un rencard, et ça repart !

— Ma pauvre Emily... Toi, il faut vraiment que tu ailles te coucher. Quand tu commences à inventer des dictons à la con, c'est le moment.

— Non, non, un dernier verre ! On a si peu l'occasion de sortir toutes les deux et de toute façon, il est trop tard pour échapper à la gueule de bois demain, alors profitons-en encore un peu.

— Toi, tu sais comment me prendre par les sentiments... OK, mais on repart sur des boissons plus soft... Plus de tequila, jeune fille, je vais te commander une bière.

Je retourne donc au bar, la tête droite et l'allure désinvolte. C'est un peu ma marque de fabrique mais c'est plus élégant en portant mon surf qu'avec mes *moonboots*.

Je vais me placer près du bel Adonis qui me sourit en me voyant approcher.

— Vous avez changé d'avis ? Ce que vous voyez vous plaît et vous voulez mettre vos mains partout sur mon corps, pas vrai ?

— C'est à peu près ça. J'ai beaucoup bu et ma sœur insiste, alors voici mon numéro. Je suis là pour deux semaines, alors mesurez vos ardeurs.

Il sourit de toutes ses dents et prend le papier que je lui tends. Pourtant, quelque chose change, mais je suis bien trop saoule pour essayer de comprendre ou identifier ce que ça pourrait être. Ou même pour m'en soucier, d'ailleurs. J'imagine que je ne suis pas la seule fille ce soir à lui avoir donné mon numéro, mais je n'ai pas grand-chose à perdre, alors pourquoi pas ? Apparemment, je lui plais et, avec ce froid, un peu de chaleur humaine serait sans doute la bienvenue. Une bonne activité primitive pour passer des vacances sereines, ça me paraît parfait !

CHAPITRE 4

Je me lève le lendemain avec un mal de tête carabiné. Je descends dans la cuisine et ma sœur n'est pas au mieux de sa forme non plus, mais elle me sourit. Nous nous regardons avec nos têtes de déterrées et éclatons de rire.

— Tu te souviens que tu as donné ton numéro à Som ?

— Mais non !

Puis la fin de soirée me revient. Je revois son sourire un peu gêné lorsqu'il m'a dit au revoir. Je ne pense pas qu'il m'appellera. Il devait s'amuser avec moi, mais je ne dois pas lui plaire tant que ça parce que son regard a changé dès que je lui ai tendu le papier avec mon numéro de téléphone dessus. Avec mon mauvais caractère et ma répartie, il pensait sûrement qu'il n'obtiendrait rien de moi. Ça arrive. Quand ils m'entendent râler, les mecs en profitent pour se la jouer gros durs devant moi. Puis quand il faut agir, ils repartent la queue entre les jambes – sans mauvais jeu de mots… Heureusement, la plupart pense avoir décroché le gros lot et me rappelle rapidement. Je n'ai pas ma langue dans ma poche et c'est à double tranchant. Ça passe ou ça casse !

Le style homme des cavernes n'est pas forcément mon truc en temps normal, mais rien que le temps, ici, n'a rien de normal, alors… Et puis, je ne suis là que deux semaines après tout, donc je n'ai pas à avoir un style ou pas (je parle toujours des hommes, hein, pas de *moonboots*) ! De toute façon, j'ai déjà essayé le style posé et réfléchi et autant dire que ce n'est pas mon truc. Mais alors pas du tout. Je pensais à une époque que c'était parfait pour moi, pour contrebalancer un peu mon tempérament. J'aurais peut-être pu devenir calme et réfléchie au contact de Nicolas, mais ça n'a pas été le cas. Parce que non, annuler un mariage juste après avoir envoyé les invitations, ce n'est pas posé et réfléchi... c'est plutôt tout moi !

Nicolas, lui, a bien failli faire une syncope. Pas parce que je le quittais, mais parce qu'à ce moment-là, eh bien, justement, ce n'était pas le moment, selon lui ! Avec son langage d'expert-comptable, il m'avait parlé de terme et d'échéances et de tout un baratin qui m'avait définitivement confortée dans mon choix : je n'avais rien à faire avec lui. Je croyais qu'il serait un roc, une ancre dans ma vie à bascule, mais je me suis aperçue, malheureusement un peu tard, qu'il ne faisait que me retenir prisonnière dans une vie qui ne me ressemblait pas. Et heureusement, je m'en étais justement aperçue « au bon moment », selon moi. Je n'étais pas encore mariée, je n'avais pas d'enfant, j'étais encore jeune... J'en ai donc profité pour me libérer de ces chaînes et vivre de ma passion, de mon hobby dans un endroit qui me correspondait. Et ça m'a bien convenu jusqu'à présent. Mais aujourd'hui, entourée de ma famille, je me demande si j'ai vraiment fait le bon choix. Ils me manquent tant, je me sens parfois si seule, que même ma planche de surf, le soleil et le sable fin de la Martinique ne suffisent plus à me contenter. Pourtant, je ne veux pas quitter mon petit coin de paradis. Quel dilemme !

Ma sœur me regarde toujours en souriant, l'air un peu absent... je comprends bien ce qu'elle ressent, je ne suis pas toute là non plus !

— Je vais décuver un peu... Ensuite, j'aimerais emmener Fiona à la piscine. Il faut que ma nièce apprenne tout de suite à aimer l'eau !

Ma sœur me sourit en me tendant un café bien nécessaire. Les jumelles ont adoré la mer quand elles sont venues me rendre visite. Il faut qu'elles oublient la neige, et vite. Vive l'eau !

— J'emmènerai Fabia après Noël, je ne me sens pas d'emmener les deux d'un coup, je ne suis pas Greta avec des yeux derrière la tête !

— Oui, bonne idée. J'aime bien profiter des filles individuellement de temps en temps, alors j'emmènerai Fabia à la luge avec Maman pendant ce temps. Roy doit travailler aujourd'hui et les autres vont faire du ski.

Nous ne parlons pas beaucoup pendant le petit déjeuner. Pour une raison inconnue, je revois sans cesse le visage de Som se transformant lorsque je lui tends mon numéro et ça me rend triste. C'est déjà arrivé, pourtant, alors pourquoi avec lui, je me sens touchée ? Des hommes des cavernes moqueurs, sexy et grande gueule, j'en ai pourtant connu avant, alors pourquoi me revient-il en tête, celui-là ? Ça doit être le froid qui m'a gelé le cerveau. Du coup, il bogue, c'est normal. Qui pourrait fonctionner normalement par un froid pareil ? D'ailleurs, c'est pour ça que je n'ai rencontré que des hommes des cavernes ici. L'évolution n'a pas pu suivre son cours normal par températures négatives…

Évidemment, je ne crois rien de tout ça et notamment parce qu'un de mes nouveaux amis en Martinique, Jörvi, est Islandais et que c'est l'être le plus intelligent et évolué que je connaisse. C'est aussi le plus fou, car la chaleur de la Martinique lui est insupportable, mais il résiste… par amour. Lui, il y croit. Comme quoi, le froid a quand même dû lui griller quelques neurones. À moins que pour lui, tout soit inversé et que ce soit la chaleur qui s'en est chargée ?

M'emmêlant moi-même dans mes pensées post-cuite insensées, j'avale un cachet et vais saluer tout le monde. Après une bonne douche, je me sens plus humaine, alors je joue un moment avec mes nièces et leurs cousins, les fils de Greta, jusqu'au déjeuner. Le tour de table est animé. Je regarde tour à tour tout ce petit monde et j'en aurais presque les larmes aux yeux. Voilà d'où me vient ce trop-plein d'émotion – même vis-à-vis de Som – : ce n'est pas le froid, c'est l'alcool. Il vous prend toujours en traître le lendemain. Sur le coup, il vous fait croire que tout va bien, il vous rend euphorique. Envolés tous les soucis. Et le lendemain, paf ! C'est la déprime. Il faut juste que j'attende le retour à la normale…

CHAPITRE 5

Après le délicieux repas préparé par la cuisinière qui me remet d'aplomb, je rassemble les affaires pour la piscine pendant la sieste de Fiona. Rudy, le majordome, en homme génial et prévoyant, m'informe qu'il a mis le siège auto de la petite dans ma voiture de location. Je le remercie et admire son initiative. S'il n'avait pas vingt-cinq ans de plus que moi, je crois que je le demanderai immédiatement en mariage !

Bien emmitouflées, nous prenons donc la route pour rejoindre la piscine de la station, qui est superbe et très moderne.

Bon, ils ont osé faire une piscine à vagues pour surfer... Je regarde les gens s'essayer à ce sport ici. Les pauvres, ils ne savent pas ce qu'ils loupent en faisant ça en bassin... Ma foi, c'est leur problème s'ils font les mauvais choix pour leurs vacances. S'ils préfèrent l'enfer au paradis !

Nous goûtons ensemble au snack de la piscine avec Fiona et elle me raconte autant qu'elle me montre à quel point elle aime les crêpes ! Cette enfant est un vrai moulin à paroles et même si je ne comprends pas toujours tous ses mots ou toutes ses références, je ne m'ennuie pas une seconde. Dans l'eau, nous nous amusons comme des folles jusqu'à ce que nos mains soient toutes molles et ridées. Je l'accompagne d'abord dans le moyen bassin, puis nous finissons dans la pataugeoire. Fiona est très sociable et elle se fait rapidement une amie, qui se prénomme Mia. Elle est là avec sa grand-mère qui m'informe que la petite a trois ans. Un an de moins que les jumelles. La vieille dame est charmante, me demande des détails sur les jumelles et semble déçue lorsque je l'informe que je ne suis pas la maman. Nous papotons un moment de choses et d'autres, mais surtout des différences entre la mer et la montagne, car elle prétend aimer les deux également. Je la taquine et elle rit, elle est adorable. Pendant ce temps, les deux petites filles jouent dans la pataugeoire avec un seau et un arrosoir. Il manque de sable par ici quand même, non ?

Puis nous quittons Mia et sa grand-mère pour aller nous changer. J'aide ma petite nièce, je nous sèche bien les cheveux et prends mon temps pour que nous soyons bien habillées pour sortir dans le froid. Même si Fiona m'a dit qu'elle avait beaucoup trop chaud dans la voiture en venant, je ne voudrais pas qu'elle attrape froid par ma faute, surtout juste avant Noël.

Lorsque je sors des vestiaires pour femmes, ma petite nièce dans les bras, je tombe nez à nez avec Som. Mais que fait-il ici ? Je le fusille du regard et dépose Fiona au sol afin de me rapprocher de lui sans que ma nièce m'entende.

— Non, mais ça ne va pas, espèce de pervers ? Tu fais quoi ici ?

— Ça va, relaxe, j'attends quelqu'un.

Il semble un peu déboussolé et son regard passe plusieurs fois de Fiona à moi. J'essaie de lui montrer que je le trouve détestable – surtout parce que je suis très gênée de lui avoir donné mon numéro, hier, dans un moment d'égarement alors que, visiblement, je me suis trompée sur ses intentions… Mais je ne suis pas très crédible. Je suis beaucoup trop virulente pour prétendre être indifférente à son charme. Du coup, quand ma nièce s'en mêle, je perds complètement mes moyens et je crois même que je rougis jusqu'aux oreilles.

— Tata Emma, c'est qui le beau monsieur ? s'exclame-t-elle de son air innocent.

— C'est ta nièce ? Elle te ressemble… Emma.

Mince, maintenant, il connaît même mon prénom. Détail dont je n'avais pas accompagné mon numéro sur le papier remis hier soir. J'ai de plus en plus chaud et je remonte mon écharpe pour cacher mes joues certainement cramoisies. Mais pourquoi je réagis comme ça, moi ? Je n'ai pourtant plus 15 ans !

— Oui, c'est la fille de ma sœur... Écoute, pour hier, oublie, j'avais trop bu. Ne m'appelle pas, OK ?

Et je fuis, sans vraiment comprendre pourquoi cet homme me met dans un tel état. Je ne me retourne même pas pour savoir s'il attendait vraiment quelqu'un, il est juste trop bizarre et il me fait des effets encore plus étranges. Je ne suis pas du genre à fuir, mais là, je ne savais plus quoi dire. Enfin, pas du genre à fuir... Sauf de l'autre côté de l'océan pour échapper à mon ex, aux questions de ma famille et de mes amis...

En fait, je suis une lâche ou quoi ? Moi qui pensais que j'étais la tête brûlée de la famille, me serais-je fourvoyée ?

Préférant laisser ces interrogations à plus tard, j'attache Fiona dans son siège auto et m'empresse de quitter les lieux du crime. Sans doute épuisée par la baignade, ma petite nièce s'endort rapidement. Heureusement, car je n'aurais pas été de très bonne compagnie de toute façon lors de ce trajet, je me sens plutôt mal à l'aise tout à coup... sûrement des relents de ma beuverie d'hier ? Oui, à tous les coups. Parce que c'est certain que ça n'a rien à voir avec un homme grand, blond et beau comme un Adonis...

À notre arrivée au chalet, je transporte Fiona jusqu'à son lit et ma sœur sourit tendrement en la voyant endormie dans mes bras. Le retour dans ce cocon, avec ma famille, me rassure et je me détends un peu.

Je raconte notre excursion et nos nombreux sujets de discussion à Emily, sans mentionner la rencontre avec Som. Je sais que ma sœur me poserait trop de questions sur ma réaction et je n'ai aucune envie d'y répondre... mais c'était sans compter sur ma pipelette de service qui, dès qu'elle se réveille, raconte à tout le monde notre excursion en mentionnant « le beau monsieur » que « Tatie a grondé parce qu'elle a trop bu hier soir... » Toutes les personnes alors présentes dans le salon – ma sœur, mon père et son amie, Roy et Greta – se tournent vers moi. Évidemment, dit comme ça, ça peut prêter à confusion...

— Arrêtez de me regarder comme ça ! Le beau monsieur que j'ai dra... avec qui j'ai parlé hier soir attendait devant le vestiaire des dames comme un P-E-R-V-E-R-S alors j'ai dû le gronder pour qu'il aille un peu plus loin et qu'il m'oublie. C'est tout !

— C'est certain que si tu l'as « grondé », il va sûrement oublier... réplique ma sœur.

— Ah non, hein, quand maman me gronde, elle dit qu'il faut se souvenir de plus jamais faire ça ! ajoute Fiona du tac au tac.

— Mais Tatie, elle a grondé le monsieur ? demande Fabia à sa sœur en ne chuchotant pas du tout discrètement.

— Elle était pas contente, Tatie ! On a de la chance qu'elle nous gronde jamais, parce qu'elle crie bien plus fort que Maman.

Et tout le monde se met à rire... à mes dépens, pour changer. Bon, je dois dire que c'est tellement mignon que je ris aussi. Un peu d'autodérision est bonne pour l'estime de soi de toute façon.

— Et je crois bien que Tatie va vous gronder si vous ne rangez pas tout ce bazar ! Allez, au travail !

Ayant participé activement au déballage de tous les jouets, j'aide au rangement puis nous passons à table. Roy et son beau-frère, Hervé, le mari de Greta, couchent les enfants. Mon père disparaît, les parents de Roy vont se coucher et nous nous retrouvons entre filles.

Après quelques banalités, les yeux de Greta se fixent sur moi.

— Quand Fiona parle du « beau monsieur », on parle de beau comment ?

— Hé ! Tu es mariée ! lui rappelle ma sœur.

— Oui, mais ça n'empêche pas de baver un peu, si ?

Et nous rions. Je raconte, dans les grandes lignes, mes rencontres multiples avec Som, sans mentionner son nom débile, et je leur décris l'Adonis. Ma sœur en rajoute sur son charisme et sur sa notoriété locale avec un air malicieux et je me renfrogne.

— De toute façon, je ne pense pas qu'il m'aurait appelée. À mon avis, c'est juste une grande gueule !

— Emma ! me reprend ma mère.

— Oh, ça va, j'ai dit pire. Et il n'y a plus d'oreille indiscrète.

— En tout cas, Fiona a bien cafté tout à l'heure !

— C'est un vrai petit démon celle-là, comme sa tatie !

Nous rions de nouveau et je suis contente de ne pas me retrouver seule avec ma sœur pour ne pas subir son interrogatoire.

Je regarde chacune des femmes présentes. À part ma mère, elles sont toutes en couple. Pour moi, c'est encore un Noël en célibataire. Et une nouvelle année seule. Alors que toutes les autres jeunes femmes ici sont mariées avec des enfants, je suis à la ramasse. Comme toujours. En cours, j'étais déjà derrière ma sœur, même en ayant un an de plus. Puis elle a trouvé son copain avant moi. Elle s'est mariée et a eu ses jumelles. Entre-temps, j'avais rencontré Nicolas, mais je ne suis pas parvenue à la rattraper. Évidemment, ce n'est pas une compétition et je suis contente pour elle, mais je me sens toujours en retrait. J'ai du mal à avancer. Elle a évolué, elle est plus posée, plus ceci et moins cela alors que, moi, je suis toujours la Emma rebelle de mon adolescence. Je ne sais pas quand je perdrai cette fougue et cette spontanéité irréfléchie qui me caractérisent. Vais-je un jour grandir ?

CHAPITRE 6

Le lendemain est le jour du réveillon de Noël. Nous le passons tous ensemble, les skieurs ayant décidé de profiter des pistes qui seront désertes le 25. Tous assis devant la cheminée, nous papotons, mangeant sans discontinuer, et nous jouons tour à tour avec les enfants qui sont aux anges d'avoir tant d'attention et de compagnons de jeu.

La journée se déroule tranquillement et je vais même passer un moment dans la neige pour suivre tout le monde dans un petit tour dehors. Je fais un bonhomme de neige avec les enfants et propose aussi de réaliser un igloo pour nous protéger du froid. Le résultat n'est pas très encourageant, il va falloir que je demande des précisions sur leur construction à Jörvi, il m'a affirmé être un pro. Apparemment, il s'amusait souvent à en construire avec ses amis dans son village natal en Islande quand il était petit. Drôle de passe-temps, si vous voulez mon avis ! En tout cas, il avait raison sur un point : une fois à crapahuter dans la neige, je n'ai pas froid, au contraire ! Mais je garde bien ce commentaire pour moi, pour éviter les « on te l'avait bien dit ».

En rentrant de cette escapade, je vois que mon ami a aussi pensé à moi puisqu'il m'a appelée. Je m'isole et le rappelle immédiatement.

— Alors, tu vas me dire que tu aimes la neige maintenant, poupée ?

Jörvi m'appelle toujours « poupée ». Ça m'agaçait beaucoup au début, mais il a entendu ça dans un film français et il a trouvé ça « trop chou », alors il s'est mis à m'affubler de ce sobriquet en permanence. Je crois qu'il le faisait surtout pour me taquiner au début, mais maintenant, c'est son surnom pour moi et je m'y suis faite… mais il est l'unique personne à pouvoir m'appeler comme ça, évidemment !

— Non, je n'ai pas dit ça. Je dis juste que finalement, il n'y fait pas si froid avec un bon vin chaud ou en bougeant et que c'est amusant de faire des igloos, même très précaires !

— Tu vas essayer le snow' alors ? Tu vas voir, c'est du surf sur la neige.

— Alors là, pas question !

Il rit et nous nous charrions un moment, comparant la mer et la neige, mon débat favori en ce moment apparemment…

— Et les mecs des Alpes, ils sont aussi beaux que les Islandais ?

— Si tu aimes le style homme des cavernes, je suppose qu'ils sont pas mal…

— Mmh ! Oh, oui, j'aime ça et tu le sais !

— Arrête, je t'entends baver !

— N'importe quoi, tu ne peux pas m'entendre baver ! Ou c'est une expression française ?

— Non, je te fais marcher, c'est tout !

Son français est excellent, mais parfois, il a encore des doutes. Je finis par lui raconter mon histoire avec Som, qu'il trouve très romantique. Et j'en profite pour me moquer de lui. Le romantisme, beurk !

— Et toi, ta vie amoureuse ?

— Toujours pareil. J'en ai marre d'attendre. Si Paul ne prend pas de décision, je repars !

J'ai juste envie de lui dire qu'il ne peut pas me faire ça à moi, mais ce serait bien égoïste. Sans lui en Martinique, je ne sais pas si je m'en sortirais. Cependant, il a posé un ultimatum à son copain martiniquais. Jörvi a emménagé sur l'île pour lui. Il a pris un travail, trouvé une petite maison, mais rien ne bouge entre eux. Paul n'a pas fait son coming out et ils doivent se cacher. Donc, Jörvi lui a dit que s'ils n'emménageaient pas ensemble d'ici la fin de l'année, il repartait. Je pensais que ce n'était qu'un chantage émotionnel pour encourager Paul à s'affirmer, mais plus la date approche et plus je pense que je vais perdre mon ami.

— Je suis désolée, Jörvi. Tu sais qu'il t'aime. Ça va s'arranger…

— Tu crois ?

— Il ne va pas pouvoir garder le secret bien longtemps de toute façon, tout le monde s'en doute déjà. Donne-lui encore un peu de temps, il le mérite.

Je connais bien Paul et il ferait n'importe quoi pour Jörvi. Mais il a tellement peur de faire du mal à sa famille qu'il reste dans cette situation inconfortable, dans laquelle il plonge mon ami par la même occasion. Je rassure encore un peu Jörvi puis nous raccrochons en nous promettant de nous rappeler bientôt.

Je redescends et tout le monde est rassemblé dans le salon.

Nous envoyons les enfants dans la salle à manger et, alors qu'ils aident la cuisinière à mettre la table, nous installons les cadeaux sous le sapin. Les jumelles et les garçons de Greta sont encore tous très petits et il serait bien inutile de les faire attendre jusqu'à minuit pour le passage d'un vieux barbu étrange et pressé. Alors nous libérons la cuisinière pour qu'elle puisse rejoindre sa propre famille et le repas nous attendra encore un peu.

Nous appelons les enfants dans le salon, prétextant la disparition des carottes laissées pour les rennes du Père Noël, et je prends une photo de leur expression d'émerveillement lorsqu'ils entrent dans la pièce. C'est un moment magique ! Deux petites filles et deux petits garçons avec de grands yeux qui brillent de joie. Il y a autant de paquets roses que de bleus et ils sont aux anges, ne sachant où donner de la tête.

Je les aide à lire les étiquettes pour qu'ils ouvrent les bons cadeaux. Ils déballent tout sans trop comprendre ce qu'il se passe tellement il y en a. Je crois même que tant d'émotions les épuisent, car ils se mettent tous à bâiller sans vraiment avoir le temps de jouer avec tous leurs joujoux. Le salon ressemble à une zone de combat, il y en a partout ! Des jouets, des emballages et même des boules de Noël qui ont disparu du sapin dans l'agitation pour se retrouver au milieu des cadeaux. Je prends une photo du bazar pour l'envoyer à Jörvi, qui passe le réveillon chez une de nos amies communes.

Puis les adultes échangent leurs cadeaux pendant que les enfants s'endorment parmi les emballages. Je reçois divers paquets, mais l'enveloppe que ma sœur distribue aux membres de ma famille en expliquant à Maman 2 qu'elle n'était pas prévue, mais qu'elle peut se joindre à nous si elle le souhaite, m'inquiète particulièrement. Alors lorsque je reçois la mienne, je l'ouvre immédiatement.

Et je découvre que mon inquiétude était justifiée ! Ma folle de sœur nous offre deux jours de raquettes dans la montagne et la NEIGE avec une nuit en refuge. Jute nous quatre, Roy gardant les enfants. Heureusement, il est précisé que le refuge est gardé et chauffé et que ce soir-là, il y aura même un concert et un bon repas savoyard. Et ça, ça veut dire du fromage ! Mais c'est le seul point positif. Sinon, ce cadeau ressemble plus à une séance de torture qu'à un moment agréable. Maman 2, qui comprend la démarche de ma sœur de se retrouver en famille, préfère ne pas se joindre à nous, prétextant qu'elle a réservé un massage au spa pour le 27. Ah, parce que oui, comme ma mère repart le 29 pour rejoindre des amis et fêter le Nouvel An avec eux, nous partons pour ce joyeux périple dès le 26 au matin. J'ai donc à peine le temps de feindre une maladie imaginaire demain pour y échapper !

— Le refuge n'est pas très loin, mais il y a beaucoup de dénivelé par le chemin habituel, alors le guide nous emmènera par la forêt puis par des chemins de traverse peu fréquentés. Apparemment, c'est magnifique !

— Oui, sans doute, mais il va faire froid.

— Mais non, une fois sur les raquettes, tu verras, il ne fait pas froid. Et à la réservation, j'ai bien demandé si les chambres du refuge étaient chauffées et on m'a assuré qu'elles ne sont pas froides.

— Mais on ne t'a pas dit qu'elles étaient chauffées non plus !

Je proteste encore un peu, pour la forme, mais je sais déjà que ma sœur a vraiment envie que nous nous retrouvions tous les quatre en famille, alors je ronge mon frein et accepte son cadeau. Je ne vais pas jusqu'à la remercier, hein, il ne faut pas exagérer, mais je souris et passe à l'ouverture de mes autres cadeaux pour oublier la perspective de me retrouver transformée en glaçon quelque part dans la montagne.

CHAPITRE 7

De nouveau, ce soir-là, je bois plus que de raison. Je bois pourtant peu d'habitude, surtout depuis que je suis en Martinique. Ma boutique de surf m'occupe bien et je dois garder la tête froide et, avec la chaleur, j'en ai rarement envie. Mais depuis quelque temps, je me pose beaucoup de questions sur ma vie et je bois. L'anniversaire des un an de la rupture, il y a six mois, m'a fait me remettre en question. Ma solitude, mon éloignement... Est-ce que j'ai vraiment fait les bons choix dans ma vie ? J'étais tellement aveuglée par le fait de retrouver mon indépendance et ma liberté que j'ai peut-être exagérée. Est-ce que je suis allée trop loin ? Nicolas ne m'aurait-il pas laissé mon autonomie une fois mariée ? Tout était tellement millimétré avec lui que je me suis soudain sentie prisonnière, mais les compromis, ça existe, non ? Ma dichotomie légendaire serait-elle à remettre en question aussi ? Y aurait-il quelque chose d'autre entre le blanc et le noir ? Toute une palette de gris que je me suis interdit de voir jusqu'à présent ? Les autres m'en avaient parlé, mais je commence seulement à réaliser de quoi il s'agit, je crois. Pas trop tôt ! En même temps, il n'est jamais trop tard... si ?

Ça y est, je sens que je fais des progrès !

En tout cas, ces vacances ressemblent pour l'instant à un enchaînement de lâcher-prises et de remises en question alternés, alors je me plonge ce soir totalement dans le lâcher-prise. L'alcool et les rires. Tout le monde est plutôt euphorique de toute façon. Les enfants couchés, l'alcool coule à flots dans tous les verres et l'ambiance est légère. Même les parents de Roy et Greta, gentils, mais un peu guindés, semblent se détendre et profiter pleinement de leur soirée. J'ai du mal à imaginer tout ce beau monde sur des skis demain... M'enfin, ça, c'est leur problème !

Mais voilà, l'alcool aidant, la question qui devait arriver arriva. Elle était sur toutes les lèvres depuis leur arrivée et je savais qu'ils n'y couperaient pas, surtout avec moi dans les parages. Étonnamment, c'est la mère de Roy qui la pose.

— Comment se fait-il que vous ayez choisi une compagne si similaire à votre ex-femme, Gérard ?

— Euh… bredouille mon père en guise de première réponse alors qu'il semble comparer les deux femmes en tournant la tête vers l'une puis vers l'autre. Il cligne des yeux puis hausse les épaules. Vous croyez ? Oui, c'est vrai, vous avez sûrement raison, mais c'est comme ça, je n'en sais rien.

Bam ! La question qui tue suivie de la réponse… qui ne veut rien dire ! Voilà pourquoi, malgré ma grande gueule, je n'avais pas posé la question. Avec mon père, aucune chance d'obtenir autre chose. J'ai déjà essayé toutes les manœuvres, tous les tons et nuances et pourtant, c'est pareil à chaque fois. Et peu importe le sujet, il est fort, il adapte la réponse, mais elle veut toujours dire la même chose, c'est-à-dire pas grand-chose… sauf qu'il n'est en désaccord avec personne et que ce n'est pas lui qui va faire bouger ou avancer quoi que ce soit ! Je le reconnais donc bien ce soir encore et je me contente de lever les yeux au ciel en secouant la tête. Personne d'autre ne renchérit. D'ailleurs, ma sœur lance rapidement un autre sujet de discussion et la soirée se termine tranquillement.

Le lendemain, les skieurs partent moins tôt que prévu, mais, d'après leurs textos, ils profitent bien des pistes. Je retourne moi aussi un moment dehors, soi-disant pour m'habituer au froid pour la randonnée en raquette de deux jours, mais en réalité, je me suis bien amusée le jour précédent et je veux mettre en pratique les conseils de Jörvi pour la construction de l'igloo. J'avoue que malgré ses recommandations, le résultat n'est pas très probant, mais il m'a prévenue que le type de neige est important. Il nous faudrait de la neige *illusaq*, pour la construction, mais je suis loin, très loin de pouvoir distinguer les différents types de neige…

Ma sœur se moque de moi et nous retournons à l'intérieur où un chocolat chaud nous attend. Sans vraiment le vouloir ou le choisir, je me retrouve seule avec ma sœur et les mots se déversent de ma bouche sans que j'en aie le contrôle.

— Je ne sais pas si je vais rester en Martinique…

Emily me regarde sans réagir. Parfois c'est comme ça, comme ce jour-là avec Nicolas, le jour de l'annulation de notre mariage, le jour de mon départ en Martinique, ma vie semble m'influencer sans que je n'aie rien à en dire.

— Tu vas revenir en France ? Quand ? Tu ne repars pas ?

— Si, je repars. Le second magasin ouvre dans deux mois alors il faut que je sois là. Je veux juste dire que vous me manquez. La France me manque. Ou quelque chose, je ne sais pas…

— Quoi, tu en as marre de la chaleur ?

Je lui tire la langue. C'est puéril, mais ça exprime bien ce que je ressens.

— Je ne parle pas de revenir tout le temps, je ne sais pas encore, en fait. J'y réfléchis. C'est juste que je veux pouvoir vous voir plus souvent.

— Ce serait super. Pour nous aussi. Pour profiter de toi, tu me manques tellement quand tu es loin !

Les larmes aux yeux, nous nous prenons dans les bras l'une de l'autre.

— Je pense ouvrir une boutique en métropole, je vais voir ce qui est possible. En Martinique, je vais confier la gestion d'un magasin à Jörvi et l'autre à Paul. Ça leur donnera de bonnes raisons de se faire des réunions ensemble sans éveiller les soupçons !

— Tu crois que Paul ne le dira jamais à sa famille ?

— Je crois que c'est compliqué pour lui, je ne m'en mêle pas.

— Je suis contente que tu reviennes bientôt alors ! Même si tout n'est pas encore très clair, si on peut se voir plus souvent, ça me va !

Ce soir-là, je vais me coucher de bonne heure. Nous ne partons pas si tôt que cela demain matin, mais la neige est finalement aussi fatigante que la mer. C'est sûrement dû au froid, mon corps doit compenser, le pauvre ! Quelques questions tournent un moment dans ma tête avant de m'endormir... comment trouver une bonne balance entre la famille et les amis ? La métropole et la Martinique ? Comment est-ce que je peux continuer à vivre mon rêve sans perdre toutes ces personnes si importantes pour mon équilibre ?

Sans réponse, je finis par trouver le sommeil, remerciant presque la neige d'être aussi épuisante !

CHAPITRE 8

Le 26, nous partons donc à 8 h 45 pour retrouver notre guide à la boutique de location pour choisir des raquettes. Ma sœur me prête des chaussures de marche, mes *moonboots* n'étant selon elle pas adaptées. Moi, je les aime bien, ces bottes bien chaudes, je ne sais pas ce qu'ils ont tous à se moquer de moi ! Je regarde ces nouvelles chaussures d'un mauvais œil, mais finis par les enfiler et, bien emmitouflée avec mon sac sur le dos, me voilà prête pour une expédition… au pôle Nord ! Ma mère me fait ressortir tous les vêtements de mon bagage pour juger elle-même de leur utilité lors de notre randonnée. Lorsque nous le refermons à nouveau, il est moins gros et moins encombrant... mais je me retrouve avec trois fois moins d'affaires chaudes et je redoute encore plus les deux jours à venir.

Après un court voyage en voiture jusqu'au centre de la station, nous rentrons dans un magasin de location. Je suis bien trop occupée à vérifier que j'ai bien gants, écharpe et bonnet pour faire à attention à l'environnement. J'entends ma sœur parler à la vendeuse pour nous présenter. Lorsqu'elle grogne en prenant les papiers de réservation, je relève la tête pour observer notre interlocutrice. J'espère que ce n'est pas cette vieille dame aigrie qui va nous accompagner parce que là, je ne réponds plus de rien ! Mais, tout en regardant nos accoutrements, elle se contente de crier pour appeler notre guide :

— Som ! Tes clients sont là !

Bien sûr ! Qui d'autre ? La bouche m'en tombe, comme dans les dessins animés, alors que ma sœur me regarde avec un rictus amusé… Elle le savait ou quoi ? Elle me doit des explications, ça, c'est sûr !

Le beau gosse se ramène donc, un grand sourire commercial aux lèvres. Il nous enveloppe du regard, mais dès que ses yeux se posent sur moi, il hausse les sourcils. Ah ! Ça lui en bouche un coin que je sois là, hein ! Tant mieux. Enfin, tant mieux, je ne suis pas sûre, parce que ce gars est un peu barge et primitif alors j'ai peur de la suite…

En tout cas, il nous fait un petit speech de bienvenue en se présentant et en décrivant les deux prochains jours. J'écoute d'une oreille distraite. Ben oui, si on vous disait qu'on allait vous torturer pendant deux jours, vous voudriez vraiment des détails, vous ? Donc, pendant ce temps, je relis le topo imprimé par ma sœur dans l'enveloppe offerte à Noël. J'avoue ne pas l'avoir lu, pour les raisons indiquées précédemment – les programmes de torture, très peu pour moi, merci. Les informations sur la musique et le repas m'avaient alors paru largement suffisantes ! Là, je détaille le topo, mais pas de mention de mon homme des cavernes, il est juste précisé qu'un guide accompagnateur spécialisé nous permettra de découvrir les magnifiques panoramas… blablabla… en toute sécurité… Non, mais ils l'ont rencontré, le guide en question ? Ils ont entendu parler de lui ? Ma sœur disait qu'il était totalement dingue et grimpait n'importe où ! Oui, il me faut éclaircir tout ça.

— Excusez-moi, monsieur, mais qui nous dit que vous n'allez pas nous perdre en forêt ou nous séquestrer ?

Mes parents se retournent vers moi, choqués. Pourtant, ils ont l'habitude, non ? Emily éclate de rire, suivie de près par Som.

— Dans quel but ?

— Je ne sais pas, une rançon ?

— Ah, je n'y avais pas pensé. Ça me donne une idée, s'exclame-t-il alors en tapotant ses lèvres avec ses doigts tout en levant les yeux au ciel.

Ma sœur rit de plus belle. Mes parents ne savent pas comment réagir, mais sourient, incertains. Je croise les bras et me renfrogne.

41

— C'est ce que je disais, cette rando n'est pas sûre, il vaut mieux abandonner et rentrer manger des beignets !

Mais personne ne semble prendre mes recommandations au sérieux. Mes propres parents et ma sœur, traîtres qu'ils sont, choisissent consciemment d'ignorer tous mes conseils et suivent le malotru dans la boutique pour récupérer le matériel nécessaire à ce séjour diabolique. Je capitule et m'assieds en soufflant.

Som fait du charme à ma mère qui se laisse tranquillement séduire en gloussant. Même mon père semble enchanté. Bon, il ne change pas, il prend ses raquettes et des bâtons de marche en rajoutant « vous avez raison, je vais prendre ceux-là, vous avez toute ma confiance, jeune homme ».

Ma sœur, elle, continue de me regarder malicieusement, alors je lui tire la langue. Je la range lorsque Som s'approche de moi et je me fige sur place.

— Ça va aller, Emma. Même si la vendeuse est exécrable, c'est ici qu'ils ont le meilleur matos. Et je te promets que dans mon travail, je ne suis pas comme au bar. Je saurai me tenir et je suis pro. Tu peux me faire confiance.

— Et sur les parkings ?

— Sur les parkings avec les pollueuses, tu veux dire ? sourit-il.

— Je n'ai pas vraiment peur, de toute façon, tu sais !

— Je sais, tu cherches juste une bonne excuse pour te défiler. Comme sur les parkings ou dans les bars. Tu peux te mettre en rogne tant que tu veux, là, tu viens avec moi !

— Je vais faire une rando avec ma famille, pas avec toi, je te signale.

Je le fusille du regard mais, comme d'habitude, il continue de sourire malgré tout, ignorant totalement mes râleries.

— Mais pour ton plus grand plaisir, je suis là aussi…

Et ce goujat me fait un clin d'œil avant de rameuter tout le monde pour que l'on sorte de la boutique. Nous prenons ensuite place dans les œufs pour nous emmener là où il fait encore plus froid. La torture commence ! Ma mère me signifie mon manque de politesse envers le « charmant jeune homme », mais ma sœur lui assure que c'était une blague… et lui raconte que notre guide n'est autre que « le beau monsieur » mentionné par Fiona après notre excursion à la piscine et que je me permets donc des familiarités. Donc, comme toujours, ma sœur me sauve la mise. Elle met de l'eau de sa carafe dans MON vin et ma mère est rassurée. Moi, je ne dis plus rien, je sens tous mes muscles se tendre au fur et à mesure de la montée tant j'ai peur d'avoir horriblement froid. Mon père et Som discutent comme si la glace ne nous attendait pas avec ses griffes transparentes pour nous transpercer. Oui, bon, mon imagination est en effet un peu en train de déborder sur la réalité, mais je ne contrôle plus mes pensées.

C'est à la sortie des œufs que je m'aperçois de tout le professionnalisme de Som.

Je ne fais pas semblant, je ne me sens vraiment pas bien à la perspective de tout ce froid. Il donne quelques indications au reste de ma famille et s'approche de moi pour me rassurer, sans familiarité et sans se moquer. Il est même très doux. Il n'a plus rien de l'homme des cavernes.

Et alors qu'il termine de me répéter qu'il faut se mettre en route pour ne plus sentir le froid, je m'aperçois que je suis entièrement équipée et prête au départ. Alors qu'il me parlait, il m'a enfilé mes raquettes et a passé mes gants dans les dragonnes des bâtons de marche.

Il prend la tête de l'expédition et me demande de rester juste derrière lui. Il marche vite, mais la piste est plate alors je le suis sans problème. Il se retourne régulièrement pour s'assurer de notre progression. Rapidement, je sens mon corps se réchauffer. Som ralentit un peu et nous faisons une pause dans un endroit coupé du vent.

— Un petit remontant pour te réchauffer ?

Je le regarde d'un œil mauvais. A-t-il amené de la gnôle ? Ce ne serait pas très professionnel, pour le coup ! Mais il sourit et me tend ce qui semble être du thé. Je l'accepte avec un remerciement et il en donne à chacun. Le soleil commence à nous réchauffer aussi et, petit à petit, je commence même à avoir chaud. La balade est en effet magnifique. Som a ralenti l'allure et nous prenons notre temps pour admirer les paysages et prendre de belles photos. On dirait que nous sommes seuls au monde dans un désert blanc. Comme lorsque je suis en mer et qu'il n'y a personne. De la solitude agréable. Seule, mais connectée à tout, pas comme quand on se sent seule dans sa maison ou au milieu d'une foule. Ma sœur me charrie gentiment en voyant mon sourire s'agrandir.

Nous rejoignons ensuite la civilisation – nous avons fait un tour et regagnons le versant « pistes » pour nous arrêter manger dans le restaurant du haut de la station. Il y a foule ici, mais notre table et notre menu sont réservés. Som connaît tout le monde. Mes parents insistent pour qu'il s'asseye à table avec nous et il accepte, mais il reste très discret et nous laisse à nos histoires de famille. Heureusement, les sujets restent très variés et loin de toute vie intime.

L'après-midi est aussi agréable que la matinée. Il fait plutôt chaud en marchant et, même si je râle un peu, tout le monde rit, comme s'ils comprenaient bien que cette fois-ci, ce n'était que pour la forme. Il faut dire que je me force un peu, en fait, et ils semblent le savoir. Je suis donc si transparente ? Les gens lisent-ils à travers moi ?

C'est uniquement en arrivant au refuge, en fin d'après-midi, que je peux enfin parler à ma sœur seule à seule.

— Tu l'as fait exprès ? Pour Som ?

— Non ! J'ai réservé la balade bien avant que tu n'arrives et que tu décides d'embêter le meilleur guide de la station, tu sais ! Je ne l'ai donc pas fait « exprès ». Et même après la soirée au bar, je ne pouvais pas te révéler ton cadeau de Noël en avance. Et puis, à la réservation, on ne m'a rien promis, on m'a juste fait miroiter le meilleur, mais rien n'était sûr…

— Le meilleur, le meilleur, c'est eux qui le disent ! Si c'était le meilleur, ils le mettraient avec de grands randonneurs, pas des débutants comme nous.

— Tu ne peux pas t'arrêter de râler ? Tu as passé une bonne journée, non ? Perso, je préfère suivre les jolies petites fesses de Som que celles d'un autre guide, pas toi ?

— Oui ! Merci, chère et adorable sœur !

Sur ce, je lui tire la langue avant de me baisser pour retirer mes raquettes. Et alors qu'elle se penche en avant à son tour, je lui jette un peu de neige au visage et pars en courant. Bon, dans la neige, je ne vais pas très loin ni très vite, mais je parviens à avoir une bonne avance. J'ai donc le temps de prendre des provisions de neige pour l'attaquer avec quelques boules alors qu'elle s'avance vers moi. Nous rions et j'ai encore plus chaud à force de m'agiter ainsi. Je m'étale dans la neige, ma sœur allongée à mes côtés et nous regardons le ciel en attendant que nos rires cessent. Puis, à l'unisson, nous soupirons, ce qui nous fait de nouveau rire.

— T'inquiète, Emma, tu vas toi aussi trouver le bonheur un jour.

— Je ne sais pas. Ça ne veut pas dire grand-chose pour moi de toute façon. Je suis bien sur ma planche de surf, je n'ai pas besoin de plus.

— Tu mens et tu le sais bien. Tu te caches en râlant, mais je vois bien que tu es malheureuse au fond. Tu avais perdu ce côté grincheux, au moins un peu. Tu peux être tellement drôle ! Mais depuis notre dernier voyage en Martinique, tu as fait un bond en arrière.

— Ouais, ben, c'est mauvais signe, je pense. Je devrais avancer au lieu de reculer, non ?

— Tu ne stagnes pas, c'est déjà pas mal ! Peu importe la direction que tu choisis en fait, assure-toi simplement que c'est celle qui te rend heureuse. Je ne voulais pas dire que tu régresses de toute façon, juste que tu me parais triste, c'est tout.

— Tu crois que j'ai fait le mauvais choix ? J'aurais dû épouser Nicolas ?

— Pff ! Tu rigoles, j'espère ? Tu sais très bien ce que je pense de lui ! Il ne t'arrivait pas à la cheville, sœurette ! Il te faut quelqu'un de fougueux, de généreux, de spontané, comme toi. Même si ça fait des étincelles ! Nicolas t'ennuyait. Avec lui, tu aurais fini déprimée !

Je savais que ma sœur n'avait jamais pensé que Nicolas et moi étions faits pour être ensemble, mais elle ne m'avait jamais confié tout ça non plus. Et elle a entièrement raison. Si je n'avais pas annulé ce mariage, je serais sûrement bourrée de Xanax à l'heure qu'il est, incapable de me gérer sans mon mari pour me dire quoi faire. Il me disait que mon dynamisme lui donnait de l'énergie et que j'étais son moteur, mais je l'énervais aussi profondément, il ne supportait pas certains de mes comportements et ne respectait pas mes envies et mes hobbys.

Bonne nouvelle donc, j'ai quand même fait certains choix plutôt judicieux dans ma vie, je peux donc me faire un minimum confiance (même si mon timing reste à travailler). Et là, je décide qu'il est temps d'aller se mettre au coin de la cheminée du refuge.

CHAPITRE 9

La fin d'après-midi passe à vive allure, nous échangeons en famille autour d'un thé et de petits gâteaux bien mérités. Le refuge est accueillant et chaleureux, même si le confort est spartiate, comme dans tout refuge de montagne. Celui-ci est plutôt au-dessus de la moyenne, selon les dires de ma sœur, de mes parents et de Som. Mais qui lui ferait confiance, à lui ? En tout cas, il nous laisse en famille et lit seul dans un coin. J'ai l'impression qu'il semble même se cacher, se couper du monde, sûrement parce qu'il connaît les habitués et qu'il ne les aime pas ? Il nous jette régulièrement des regards, comme s'il avait peur que son troupeau disparaisse. Ce n'est pas moi qui risque de lui faire faux bond et de m'aventurer seule à l'extérieur dans le froid, ça, c'est certain !

Le soir, le repas est copieux, simple et délicieux. Les musiciens sont doués et c'est un plaisir de les voir jouer. La pièce est pleine et se réchauffe vite, et je finis même par avoir très chaud ! Qui l'aurait cru ? À plus de 2000 mètres en plein hiver, moi, Emma Valine, j'ai chaud. Mais chut, c'est un secret !

Som s'assied avec les gardiens du refuge et, même s'il s'assure plusieurs fois que tout se passe bien pour nous, il continue de nous laisser beaucoup d'espace. Nos regards se croisent à de nombreuses reprises et je lui souris franchement. Je le vois différemment à présent ; tant que nous sommes sous sa responsabilité, il est parfait !

En fait, il paraît vraiment être quelqu'un de bien. Je vois comment le regardent ceux qui le connaissent, ils ont l'air de l'apprécier en tant que personne. Pourtant, il semble garder ses distances. J'imagine que la station est un microcosme où tout le monde se côtoie de près ou de loin depuis toujours. Pas de vie privée, ni de secrets…

Il me regarde intensément parfois et j'ai presque envie d'aller lui parler seul à seule. Mais je suis là pour profiter de ma famille, alors je me retiens. En plus, ça ne me ressemble pas, ce désir de proximité, et j'avoue que je ne comprends pas trop ce qui m'arrive. Ça doit être la neige, qui a des effets bizarres sur moi. Pareil pour les regards glaciaux que je jette aux femmes qui lorgnent sur lui, c'est sûrement à cause du froid... En tous cas, il ne semble s'offusquer ni des regards sur lui (ceux des autres ou les miens) ni du fait que je reste avec ma famille. Il se contente de me sourire gaiement avec des yeux pétillants de malice à chaque fois que nos regards se croisent. Je me demande à quoi il pense !

La soirée se termine soudainement à la fin du concert. D'un coup, tout le monde part se coucher et nous rejoignons notre chambre aussi. Nous la partageons tous ensemble, avec Som. En réalité, elle ressemble plutôt à un dortoir avec cinq lits. Heureusement, je me retrouve plutôt loin de Som. Je ne suis pas sûre que j'aurais beaucoup dormi si la possibilité de l'observer secrètement m'avait été donnée alors que j'ai clairement besoin de toute mon énergie pour demain. Non, mais franchement ! Observer un mec pendant son sommeil ? C'est ça qui me passe par la tête maintenant ? Comme si c'était ma dernière volonté avant de mourir. Oui, au cas où je mourrais de froid demain, on ne sait jamais. Je deviens totalement dingue ou quoi ?

Le matin, l'agitation dans la chambre me réveille en douceur. Il fait un peu frais, mais ma sœur et ses gentillesses me permettent de trouver une motivation certaine pour m'extirper du lit.

—Allez, lève-toi, patate ! Il fera plus chaud en bas et le café est prêt !

Som sourit et sort de la pièce. Je me lève et passe un pull par-dessus mon pyjama pour descendre prendre mon petit déjeuner. Som reste avec nous pour le repas et nous parlons des alentours, de la balade du jour, de son parcours professionnel. Il est simple, réservé et souriant. Si différent de l'homme des cavernes du bar ! C'est donc comme ça qu'il charme ses clients… en même temps, il n'a pas beaucoup de mal, tout en lui est charmant. Je me donne une gifle mentale de le regarder si intensément et retourne à mes tartines, me plongeant dans mes pensées pour échapper à mes sentiments confus.

Je pense à Nicolas. Avec qui a-t-il passé Noël ? Est-il toujours avec Anaïs ? Nos amis communs m'ont dit qu'il avait commencé à la voir quelques mois après notre rupture. Elle travaillait avec nous et, même si elle faisait tout pour cacher son intérêt pour lui parce qu'elle savait pertinemment que nous étions ensemble, tout le monde savait qu'elle en pinçait pour lui. J'avais été contente pour eux en apprenant leur rapprochement. Elle est gentille et jolie. Calme et posée. Comme lui. Ils sont parfaits l'un pour l'autre.

Je me demande où ils en sont, s'ils sont toujours ensemble. Vont-ils avoir un enfant l'année prochaine ? Nico rêvait de devenir papa. Moi, je n'étais pas sûre d'être prête. Nous étions si différents, pas du tout sur la même longueur d'onde, je le sais bien, mais quand je pense à lui, je ne peux pas m'empêcher d'avoir un petit pincement au cœur. Je lui ai fait tant de mal. Je suis un monstre et je mérite l'enfer ! D'ailleurs, j'en ai la confirmation parce que les douches sont glacées. Pas l'eau, mais la pièce, même remplie de buée chaude, reste à la température d'un frigo. Autant dire que je fais vite et que je rêve déjà d'un bon bain chaud le soir même. Enfin, si je suis encore vivante, bien sûr ! J'en parle à ma sœur.

— Tu sais quoi ? me répond-elle. Après le départ de Maman demain, je t'emmène au spa et on se fait un hammam et un jacuzzi.

— Alors là, tu me plais ! Tu vois, pour un cadeau l'année prochaine, pense plutôt à ça…

Je la prends dans mes bras tant cette idée me réconforte. Hammam… à moi la chaleur ! La transpiration !

Puis nous voilà repartis et de nouveau, je dois bien dire que les paysages sont magnifiques. En plus, ma sœur a eu tout juste parce que le temps est parfait. Le soleil est resté avec nous les deux jours. Je lui fais donc tous les compliments que j'ai en tête avant notre retour parce que je l'ai beaucoup charriée sur son cadeau alors que j'ai passé deux journées excellentes. Je râle, mais je sais aussi m'excuser et complimenter. Je m'arrête lorsque je vois que ma sœur est au bord des larmes tant elle est émue, car mes parents en rajoutent une couche… Je sais qu'elle a fait tout cela pour nous tous, surtout que le départ a été dur pour elle. Passer deux jours sans ses filles était difficile.

Alors que nous arrivons devant la boutique pour rendre le matériel, Som et moi nous retrouvons seuls. Les autres partent à l'intérieur et il me demande une minute.

— Je suis assez maladroit avec les mots, mais je voulais m'excuser pour mes techniques de drague dans le bar. Je n'ai plus l'habitude et je ne suis pas très à jour… Alors si je t'ai paru un peu rustre ou homme des cavernes, je te prie de m'excuser.

Je lève les sourcils, surprise de cette déclaration.

— Tu as l'air de bien t'en sortir avec les Barbies dans les bars, pourtant…

— Je suis poli avec les clients, je te l'ai dit. Ça fait partie du business, je ne peux pas les envoyer paître, mais je ne drague pas !

— Ce sont donc les femmes qui te draguent, c'est ça ? Toi, tu subis...

— Ouais !

— Oh, mon pauvre ! Tu veux que je te plaigne, en plus ? Un mouchoir pour pleurer, beau monsieur ?

Il rit. Je me moque de lui et lui, il trouve ça drôle… Super ! Je souffle bruyamment, m'assurant de bien montrer mon mécontentement.

— Tu vois, c'est ça qui m'a tout de suite plu chez toi ! Tu es spontanée et tu dis tout ce qui te passe par la tête.

— Tu veux dire que je suis bête et irréfléchie ?

— Ce que je veux dire, vraiment, c'est que j'ai envie de te voir seul à seule. J'ai déjà ton numéro, donne-moi juste l'autorisation de t'appeler ou de t'écrire un SMS pour t'inviter à dîner… Je te promets de ne pas faire mon homme des cavernes et d'être civilisé.

— Waouh ! C'est ça, ta ligne de drague ? Moi, homme civilisé ; toi, sortir avec moi ! C'est vrai que c'est limite… Si tu te fais souvent draguer, tu n'as jamais eu mieux ? Tu pourrais prendre exemple sur la subtilité de la gent féminine…

— Si tu savais les techniques de drague auxquelles j'ai déjà eu affaire… féminines ou masculines, d'ailleurs. Je ne suis pas doué, mais je te promets qu'il y a pire !

— OK, disons que tu pourras me les raconter lors de notre dîner. Tu peux m'écrire pour me donner tes disponibilités et je verrai si ça me convient.

Et je rentre pour rendre mon équipement à la boutique de location. Devant ma famille et malgré mes gentils mots à ma sœur plus tôt, j'essaie de paraître à la fois grincheuse d'avoir dû supporter cette randonnée tout en paraissant contente que ce soit enfin terminé… j'y ai beaucoup pensé lors de la descente, c'est un savant mélange et il me semblait le maîtriser. Mais cette dernière conversation avec Som a collé un stupide sourire sur mon visage et je n'arrive pas à m'en défaire. Décidément, ce type est vraiment diabolique !

CHAPITRE 10

Puis je déchante. Est-ce que je viens vraiment de dire oui à un rencard ? Non, mais ça ne va pas la tête ? Les rendez-vous resto-ciné et tendres embrassades sur le perron, ce n'est pas mon truc ! Un peu plus avant, mais même avec Nico qui est pourtant très protocolaire, nous n'avons pas commencé par un dîner gênant. Un tête-à-tête avec un mec, à part avec Jörvi, je n'en ai pas vécu et c'est loin de me faire rêver. De la musique, du monde, dans un bar ou sur une plage, d'accord. Des rencontres sur l'eau aussi, très bien. Au hasard, on se voit, on se plaît et ça va plus loin ou pas et puis on passe à autre chose. C'était comme ça avant Nico, ça l'est depuis lui et ça me va très bien ! Si on commence à vraiment se rencontrer, à se parler, alors on s'attache, on fait des projets, des plans sur la comète et quand ça finit, alors tout s'écroule et il faut ramasser les morceaux.

Non, non, plus de ça pour moi !

Je les entends déjà, les moralisateurs : il faut bien prendre des risques pour construire quelque chose, faire confiance, ça vaut le coup parce que parfois, ça marche et c'est beau. Il paraît même que, si ça ne marche pas, certains moments et l'expérience sont bons à prendre de toute façon. Mais… et tous les mauvais moments de la fin ? Ou ceux qui y mènent justement, à cette fin, hein ? On en fait quoi de ceux-là ?

— Ça va, Emma ?

Ma sœur me regarde bizarrement alors j'acquiesce. Voilà ce qui se passe quand je râle toute seule dans ma tête, je me fais démasquer par ma sœur et elle me prend pour une folle. Une fois n'est pas coutume ! Quoique…

De nouveau, je fixe donc un sourire sur mes lèvres alors que Som, qui ne m'a pas suivie de trop près pour n'élever aucun soupçon, vient nous dire au revoir. Mes parents sont enchantés, ma sœur lui remet un pourboire et je me contente d'éviter son regard. Puis nous reprenons le véhicule pour rentrer au chalet. Le chalet de Roy ! *Yes !* La chaleur, le confort, ma chambre, un bain… le rêve, quoi ! Comme un bout de paradis au milieu de l'enfer, et je compte bien en profiter !

Lorsque je redescends de mon bain dans lequel je pense m'être endormie un moment, le repas est prêt. Je m'assieds à côté de Fiona pour l'aider à couper son plat et discuter avec elle. Ma sœur a le malheur de lui dire que notre guide était « le beau monsieur » de la piscine et voilà Fiona repartie à me poser plein de questions sur lui. Ce qu'il faisait à la piscine, qui il attendait devant le vestiaire des filles parce que lui c'est un garçon (merci Fiona, je n'avais pas remarqué…), etc. Je ne sais pas, bonnes questions, d'ailleurs…

Ma mère ne tarit pas d'éloges au sujet de l'Adonis. Quand elle se met à le décrire à la copine de mon père et qu'elles semblent faire des cachotteries, je suis un peu perturbée et me concentre sur ma petite nièce et ses questions auxquelles je réponds par d'autres questions : « toi, tu en penses quoi ? ». J'adore ses théories ! Il s'était trompé de vestiaire ou il avait oublié son maillot alors il attendait à la sortie pour que quelqu'un lui prête un, sa maman ne lui avait pas mis de serviette dans son sac alors il attendait qu'elle sorte pour lui emprunter la sienne, une dame avait pris son doudou et il l'attendait à la sortie pour le récupérer… Elle ne manque pas d'imagination et je me prends à imaginer Som en maillot de bain. Pas une bonne idée à table et en famille !

Un peu plus tard, lorsque ma sœur revient de coucher les filles, nous nous retrouvons seules dans la cuisine et je lui raconte la proposition de « rencard » de Som.

— Waouh, je crois qu'il t'aime vraiment bien !

— Ouais, peut-être. Je ne comprends pas pourquoi il s'y prend comme ça. Il avait déjà mon numéro et il semble se donner du mal pour m'appâter alors qu'il est à croquer et il le sait ! Pas besoin de faire de chichi !

— Tu lui as tapé dans l'œil, Emma, tu n'as pas vu comment il te regardait pendant ces deux jours ? Tu lui plais !

Des images de la randonnée me reviennent. Des regards, des sourires. Avec ma famille, mais avec Som aussi. Beaucoup même et je me prends à imaginer ce qu'il se serait passé si nous n'avions été que tous les deux... que tous les deux dans la neige ? Vraiment, j'imagine ça moi ?

— Il me plaît aussi, ce n'est pas le problème...

— Alors c'est quoi le problème ? Il est là, tu es là, il te plaît, tu lui plais... Vous êtes des adultes consentants...

— Oui, mais un rencard ? Qui fait ça de nos jours ?

— Tout le monde... ou les gens « normaux » en tout cas, réplique-t-elle en s'énervant de plus en plus.

— Ah, nous y voilà. Je ne suis ni tout le monde ni normale. Et un rencard alors que je repars dans une semaine, surtout qu'il n'est même pas encore prévu, à quoi ça sert ?

— Franchement, Emma, tu as peur de quoi ?

— Peur, moi ? je m'offusque en posant mon index sur ma poitrine.

— Oui. Tu meurs de trouille de t'attacher ! C'est sûr que la Martinique, c'est loin...

— M'attacher à Monsieur Muscle taré du ciboulot qui escalade n'importe quoi dans le froid ? Ça m'étonnerait que ça m'arrive !

— Alors tu ne risques rien. Il te propose un rencard, tu aimes le changement. Tu ne fais pas ça d'habitude, qu'est-ce que ça peut bien faire ? Tu n'as qu'à t'amuser puis faire ce qui te vient. Il n'y a pas de protocole établi. Si tu ne veux pas faire ciné-resto, propose-lui autre chose.

— Ouais, tu as raison. Mais je suis venue pour profiter de vous, pas pour ça…

— C'est une soirée, sœurette ! Tu nous manqueras, mais je pense qu'on y survivra…

— Ah ! Ah ! On verra !

Je la fusille du regard et elle rit. Je glousse et lui souris.

Ma sœur est d'un calme olympien. Elle ne sort jamais de ses gonds. Sauf avec moi. Je ne sais pas pourquoi. Je pars au quart de tour et elle me suit. Je m'en amuse souvent, mais je vois que pour elle, c'est dur de s'en remettre, sa respiration est erratique. Je l'observe donc prendre de grandes inspirations avant de rejoindre les autres dans le salon et l'embrasse sur la joue en passant.

CHAPITRE 11

Aujourd'hui, ma mère est repartie. C'est la première fois que c'est si dur de lui dire au revoir.

Puis, comme promis, nous avons passé quelques heures au spa avec ma sœur, pendant la sieste de mes nièces. J'ai reçu un texto de Som ce matin, me demandant si j'étais libre ce soir ou demain soir. Ma sœur était beaucoup plus excitée que moi, mais j'ai accepté de le voir dès ce soir. Lorsque je lui ai dit où se trouvait le chalet de la famille de Roy, il m'a dit qu'il voyait très bien de quel chalet il s'agissait et il est prévu qu'il passe me chercher à 19 h. J'ignore quel programme il me réserve, mais à 19 h, il fait nuit noire et très froid alors je m'habille avec plusieurs épaisseurs. Selon le programme, je pourrai adapter ma tenue en enlevant des couches.

Il n'ose pas venir sonner et m'envoie un message lorsqu'il est devant le chalet. Je sors et vois ma sœur derrière le rideau. Je lui tire la langue, mais je ne suis pas sûre qu'elle le remarque. Som descend pour me saluer et m'ouvrir la porte. Quelle galanterie ! Puis il s'installe à mes côtés.

— Un 4x4, vraiment ? Ce n'est pas un peu cliché ?

— Ce n'est pas qu'un cliché. Je te signale que je roule souvent dans la neige, j'ai vraiment besoin de quatre roues motrices. Cet engin a pris beaucoup de chemins de traverse !

Le ton semble donné pour la soirée, mais un silence gênant s'installe vite. Il conduit et semble mal à l'aise. Il a été distant, professionnel, homme des cavernes ou moqueur, mais mal à l'aise comme ça, c'est une première. Il finit par me dire le fond de sa pensée.

— Ça t'embête si on descend manger un bout dans la vallée ? Ici, je connais tout le monde et on ne sera pas tranquilles…

— Par « pas tranquilles », tu veux dire que tout le monde va nous voir ensemble ? Ça va jaser, c'est ça ? Pourtant, tu dois bien trouver une nouvelle vacancière chaque semaine, non ?

— Non. Ça va jaser, c'est sûr, mais vraiment : les gens vont me dire bonjour, boire un verre avec nous... Nous ne serons pas tranquilles.

Ça ne me paraît pas si mal, ça ressemble à ce dont j'ai l'habitude. En Martinique, j'ai beau aller à un endroit ou à un autre, ce sont souvent les mêmes têtes que je croise, alors je me retrouve à parler avec tout le monde, à faire de nouvelles rencontres aussi, souvent des touristes, des gens de passage. Tout le monde parle à tout le monde et c'est sympa. Que ce soit sur une île ou dans une station, on doit vite tourner en rond. Donc, je ne vois pas vraiment le problème, mais lui n'a pas l'air d'en avoir envie alors je me laisse embarquer parce qu'à moi, ça m'importe peu, finalement.

— C'est toi qui conduis, tu m'emmènes bien où tu veux !

Il a l'air rassuré et me raconte quelques anecdotes sur les gens que nous croisons en voiture ou sur des chemins, des maisons... Il est soudain beaucoup plus à l'aise et je réponds par quelques petites histoires de mon cru et le temps passe vite. Nous arrivons dans une petite ville dans la vallée. Nous discutons paisiblement, mais nous sommes loin de pouvoir avoir, comme prévu, une conversation sur les techniques de drague. Il y a une certaine tension, comme un non-dit qui pèse sur la relation.

Som ne boit pas puisqu'il conduit, mais l'atmosphère finit par se détendre de plus en plus alors que nous mangeons dans un petit restaurant italien. Comme essayer de parler normalement et sérieusement ne fait que nous mettre mal à l'aise, je le cherche un peu et il me répond du tac au tac. Nous trouvons, ou retrouvons, notre moyen de communication. Je râle, il me charrie, nous rions ou il me taquine, je monte sur mes grands chevaux et nous nous défions du regard. Les conversations restent légères et nous parlons de beaucoup de choses, sauf de relations – ce qui m'arrange bien, n'ayant aucune envie d'évoquer Nicolas. Il évite aussi le sujet. En même temps, nous savons tous les deux que je pars bientôt et que nous ne nous verrons plus jamais. Alors tout est permis et en même temps, les possibilités sont très limitées.

— Donc, comme ça, sur un coup de tête, tu es partie en Martinique il y a un an et demi ?

— Ouais, pour ouvrir une boutique de surf. L'île est encore méconnue pour ça, pourtant, l'endroit est idéal, indiqué-je, notant qu'il ne me demande pas ce qui m'a fait fuir de France.

— Et il fait chaud ! Ça doit être insupportable !

— Ah ! Ah ! C'est ta capacité à te mentir à toi-même qui est insupportable ! La chaleur, c'est la vie. La preuve, c'est que la nature est resplendissante et colorée sur l'île, alors qu'ici, tout est d'une blancheur monotone... et monochrome.

— Tu devrais revenir au printemps alors ! Après un repos bien mérité, la nature reprend ses droits et ça vaut le coup d'œil...

— Ça va, je connais l'hiver. À Hendaye, là où j'ai grandi, on a ça aussi... en moins blanc et uniforme, affirmé-je sans relever sa gêne alors qu'il s'aperçoit qu'il m'a suggéré de revenir. En plus, je suis sûre qu'il ne fait même pas chaud pour autant !

— Même en plein été, on reste au frais, c'est agréable, en effet.

— C'est l'enfer, quoi, il fait *toujours* froid !

— La chaleur a dû faire fondre quelques neurones dans ta jolie tête... Revois ta copie, l'enfer, il y fait chaud...

— Oh, tu vas me sortir ta bible de sous ton manteau, c'est ça ? Parce qu'un homme des cavernes comme toi a décidé de rajouter un enfer chaud dans de vieux livres, ça n'en fait pas une vérité absolue. En plus, l'enfer, il n'était pas là au début, dans la bible, et je te signale que Jésus n'est pas né ou allé vivre dans une haute montagne au froid. Il était un peu sensé, le gars !

Nous rions puis finissons par sortir du restaurant pour nous rendre dans le bar d'à côté. Som y croise quelques personnes et nous nous asseyons au fond de l'établissement. Je remarque qu'il prend soin de se mettre dos à la salle. Pour que nous soyons tranquilles ou pour ne pas être vu avec moi, je ne sais pas trop, mais même si j'aimerais n'en avoir absolument rien à faire, je ressens une petite gêne. Je passe une bonne soirée et choisis d'ignorer cette sensation. Pourtant, je ne parviens pas à m'en défaire totalement et ça m'ennuie grandement. Je ne me reconnais pas.

— Donc, comme ça, venue de nulle part arrive l'idée de monter cette boutique de surf en Martinique et ça marche du tonnerre, c'est ça ?

— Ouais. En fait, peut-être que tu avais raison. L'enfer est chaud et c'est de là que je viens… Je suis une disciple du diable et c'est lui qui m'a soufflé l'idée. Tu m'as démasquée !

— Ce serait crédible et j'y croirais si je ne venais pas de passer deux jours en compagnie de tes parents… et ils ne ressemblent en rien au diable, alors tu ne viens pas de l'enfer.

— Alors tu ne les connais pas bien ! Mais oui, j'ai eu du bol et j'ai su arriver au bon moment. J'ai déjà agrandi la boutique deux fois depuis son ouverture et je prévois d'en ouvrir une deuxième.

— C'est chouette ! Donc, tu t'y plais vraiment ! C'est cool, tu vis de ton hobby. Je suis bien placé pour savoir que vivre de sa passion, même si ce n'est pas sous la forme envisagée au départ, c'est le top.

— Je n'ai jamais voulu devenir surfeuse professionnelle de toute façon. La compétition, ce n'est pas pour moi, alors ça me va bien. Toi, tu voulais devenir pro ?

— Non plus. Je veux juste grimper, marcher, courir ou autre. J'ai juste besoin d'être dehors. Aujourd'hui, faire découvrir la montagne, le ski ou l'escalade aux gens de passage, ça me plaît vraiment ! J'ai essayé de descendre en vallée un moment. J'ai travaillé dans une banque et je n'ai jamais été aussi déprimé de ma vie !

— Toi, en banquier ? J'imagine mal le truc... Tu portais le costard-cravate et tout ?

— Oui, je me sentais un peu à l'étroit...

— Moi, j'étais comptable dans une autre vie...

Nous rions ensemble en imaginant l'autre dans un environnement différent. Et nous rions aussi de nous-mêmes d'avoir pu penser que nous pourrions nous habituer à autre chose qu'à nos vies actuelles. Mais nous ne nous demandons pas les circonstances des changements. Qu'est-ce qui a pu le faire descendre de sa montagne à un moment pour travailler dans une banque ? Et pourquoi est-il revenu aux sources après, puisque je sais qu'il a grandi dans la station ?

Et j'ai bien senti qu'il ne croyait pas une seconde que l'idée de mon déménagement en Martinique m'avait été soufflée par le diable... Il a bien compris que je ne voulais pas m'engager dans cette conversation, ou alors il ne préfère pas savoir. Nous ne nous posons pas ce genre de questions, j'imagine que nous avons trop peur de ce que nous pourrions découvrir.

Lorsque nous remontons dans la montagne et jusqu'au chalet de la belle-famille de ma sœur, j'ai soudain un doute.

Comment se termine ce genre de soirée ? Est-ce que je dois faire ou dire quelque chose de particulier ? Il a eu l'air de passer une bonne soirée, mais il me raccompagne directement, alors comment être sûre qu'il ne regrette pas ce moment ?

Je n'en sais rien alors, lorsqu'il se gare, je décide de jouer la carte de l'honnêteté. Après tout, je n'ai rien à perdre. Et puis... je ne sais pas vraiment faire autrement, alors...

— J'ai passé une bonne soirée, merci. Nous avons habilement évité les sujets que nous ne pouvions pas aborder et c'était appréciable. Je ne peux pas t'inviter à l'intérieur… niveau intimité, ce ne serait pas terrible, mais je serais contente de te revoir avant de repartir.

— Moi aussi, j'ai passé une excellente soirée. Ça fait du bien de rire et de rester léger ! Alors bien sûr, on se revoit quand tu veux.

— Je ne veux pas te paraître une fille facile, mais je suis franche, alors voilà : tu me plais et si tu veux, la prochaine fois, on fait ça dans une autre position…

— Waouh ! On devait parler des plans drague… Je t'avoue qu'on me l'a déjà sorti, celui-ci, mais il ne me paraissait pas très attractif… et je ne pensais pas qu'il fonctionnait vraiment, mais là, c'est presque trop beau pour être vrai !

— OK, alors j'attends ton texto !

Je me penche vers lui et pose mes lèvres sur les siennes avant de me retourner pour ouvrir la portière, mais il me retient.

— Attends !

Il se penche vers moi cette fois et lorsque nos regards se croisent, il pose sa main derrière ma tête pour me rapprocher de lui. Notre baiser commence alors doucement, mais, par la pression de sa main dans ma nuque, je sens bien qu'il n'est pas prêt à me laisser partir. J'entrouvre mes lèvres pour lui permettre de me découvrir un peu plus et son baiser s'approfondit. Nos langues se rencontrent, se tournent autour. Là encore, nous jouons. Il me cherche, me titille, et je réponds. Comme dans nos interactions, nous finissons par rire. Le baiser s'arrête, mais il ne me relâche pas immédiatement. Nous nous fixons un instant alors qu'un sourire reste sur nos lèvres. Ainsi que le goût de l'autre.

Nous finissons par baisser les yeux et je sors de sa voiture, un peu déboussolée par ce moment d'intimité.

En rentrant dans le chalet, je m'assure de ne croiser personne pour ne pas subir un interrogatoire. Je rejoins ma chambre à grands pas et je vais me coucher immédiatement, ne voulant pas m'attarder sur les sensations étranges qui se bousculent en moi.

CHAPITRE 12

Le lendemain matin, dès mon réveil et avant même de descendre rejoindre ma sœur et les jumelles dans le salon, je mets mon portable en route. J'ai peu de temps ici. Même si je veux profiter un maximum de ma famille, je veux aussi passer au moins une nuit avec Som. Peut-être plusieurs. Pourtant, ça ne voudra rien dire puisque nous savons tous les deux que je repars. Mais si nos ébats sont aussi intenses et enragés que nos discussions et notre baiser, alors je veux être certaine d'en avoir suffisamment pour me satisfaire avant de repartir, et même assez pour m'en lasser.

Alors voilà, je lui ai dit que j'attendais son texto, mais je sais qu'il est libre ce soir et que demain, il travaille, emmenant un groupe dans un refuge en haute montagne. Les fous, ils vont se geler !

Pour la soirée du 31, nous n'avons pas parlé de nos plans respectifs. Ce serait étrange de fêter le passage à la nouvelle année ensemble puis de se quitter, alors je ne lui ai pas demandé où et avec qui il le fêtait. Et lui non plus n'a pas évoqué le sujet, heureusement.

Du coup, si ce n'est pas dès ce soir, je ne suis pas sûre de pouvoir le voir avant longtemps et le souvenir de ce baiser m'ayant gardée éveillée une bonne partie de la nuit, je ne veux pas attendre. Le soir, mes nièces vont se coucher tôt et mon beau-frère sort tard du bureau dans lequel il travaille pratiquement toute la journée, alors je décide que je peux profiter des filles et de ma sœur puis aller rejoindre l'Adonis pour laisser aussi un peu d'intimité à ma sœur et son mari. Mon père et sa copine sont partis quelques jours visiter une autre station. Ils sont dingues ! Ils passent du froid au froid… En tout cas, ils reviennent le 31 pour garder les jumelles afin que nous sortions tous les trois, avec Emily et Roy. La famille de Roy est partie hier.

Je trouve mon plan excellent et j'envoie un court SMS à Som :
« *Si tu es toujours libre ce soir, dis-moi si je peux venir à 21 h* ».

Sa réponse ne tarde pas. Elle est aussi très courte et efficace : un
« *OK* » et son adresse.

Ma sœur me harcèle toute la journée. Elle veut savoir chaque
détail de nos conversations. Je dois lui raconter notre baiser une
bonne dizaine de fois. Elle me pose des questions que je n'ose pas
me poser à moi-même. En trois mots : elle m'agace ! Elle dit même
à Fiona que j'ai fait un bisou au beau monsieur de la piscine et la
petite commence aussi son interrogatoire. Au moins, je sais de qui
elle tient. Quant à Fabia, elle se désintéresse de nous et préfère revoir
la *Reine des neiges* une fois de plus en serrant sa nouvelle poupée
dans ses bras.

Le midi, Roy mange avec nous et je crois qu'il commence à
s'inquiéter sérieusement pour sa fille et sa femme qui semblent s'être
amourachées de ce « beau monsieur ». Il les taquine en parlant de
Som… Moi qui espérais l'oublier un peu en leur compagnie à tous,
c'est loupé ! Je n'ai plus qu'à attendre le soir, 21 h, en continuant à
répéter que je ne sais pas après chacune de leurs questions.

— Tu crois que tu vas le revoir après ce soir ?

— Je ne sais pas.

— Et tu penses que tu passeras la nuit là-bas ? chuchote ma sœur
alors que Fiona tend l'oreille.

— Je ne sais pas.

— Il t'aurait proposé la même chose si tu ne lui avais pas
demandé ?

— Je ne sais pas.

— Et tu ne sais vraiment pas s'il est disponible le 31 ?

— Je ne sais pas.

— Tu crois que ça se passerait pareil s'il n'y avait pas l'échéance
de ton départ ?

64

— Je ne sais pas.

— Tu ne sais pas pourquoi il est devenu banquier ?

— Je ne sais pas.

— Et tu ne t'es pas demandé pourquoi il ne te posait pas de questions sur ton passé sentimental ?

— Je ne sais pas.

— Tu crois qu'il cache quelque chose aussi ?

— Comment ça aussi ? Je ne cache rien, moi ! Mais je ne sais pas !

J'en passe des plus ou moins longues, des répétitions et des questions auxquelles je ne peux pas répondre « Je ne sais pas ». Comme « il t'a vraiment dit ça et tu ne vas même pas lui parler de Nicolas et tu lui as parlé de ton projet de revenir en France de temps en temps... » Oui, non, non, je formule des réponses courtes, mais rien n'y fait, elle reste bloquée sur le sujet.

L'après-midi, j'emmène Fabia à la piscine. Elle aime encore plus l'eau que sa sœur et nous y restons un long moment. Le temps passe vite ! Cette fois-ci, pas de pervers à la sortie des cabines. Et pourtant, je guette... jusqu'à ce que les gens commencent à me regarder bizarrement de lorgner ainsi sur les vestiaires et leurs environs, surtout que je vérifie aussi vers ceux des hommes, au cas ou il se soit perdu du bon côté aujourd'hui. Puis, un peu honteuse de mon comportement, je raccompagne Fiona au chalet. Après le repas, j'amène les filles dans leur chambre pour leur lire l'histoire du soir et les embrasser. Puis il est l'heure pour moi de prendre la route.

CHAPITRE 13

Le GPS m'amène jusqu'à un joli chalet. Moins luxueux que celui de la famille de mon beau-frère, il paraît plus chaleureux et accueillant. Une lumière extérieure s'allume automatiquement à mon arrivée. Je sors de la voiture, espérant ne pas geler sur le perron si Som met du temps à m'ouvrir. Tant pis, il devra me décongeler s'il veut pouvoir profiter de mon corps !

Mais il ne tarde pas. La porte s'ouvre et il est là, magnifique dans un pull gris léger. Je ne le vois pas très bien parce qu'il fait sombre à l'intérieur, mais il m'attire chez lui et referme la porte. Il ne me laisse pas le temps de lui dire bonjour, ses lèvres trouvent les miennes et je suis contente de sentir qu'il attendait cette soirée avec autant d'impatience que moi.

Alors qu'il m'embrasse, il retire mes gants et mon bonnet puis jette mon manteau et mon sac par terre. Il me plaque contre un mur en tenant d'une main mes poignets au-dessus de ma tête pour passer son autre main sous les multiples épaisseurs de vêtements et atteindre ma peau. Il sourit contre ma bouche lorsqu'il y parvient et m'embrasse avec encore plus de ferveur. Sa main est chaude et je frissonne.

Il fait très sombre partout, sauf une lumière un peu plus loin vers laquelle il semble m'emmener. Il continue à me déshabiller alors que nous avançons dans le couloir. Il retire mon premier pull. Il est large et confortable, en polaire.

— Un.

Il rit et le jette par terre. Puis il m'embrasse encore. Mes mains sont partout sur lui, dans ses cheveux, sur son corps, mais je ne parviens pas à lui enlever quoi que ce soit.

— Deux.

C'est mon gros pull torsadé. Un truc de montagne en laine, pour avoir bien chaud.

— Trois.

Voilà, c'est mon dernier pull. Un petit pull léger, un peu comme le sien.

— Quatre.

Mon sous-pull, col roulé pour être bien protégée du froid de partout. Sa bouche peut enfin explorer mon cou et elle ne s'en prive pas.

— Cinq.

Mon tee-shirt.

— Six.

Là, il exagère, c'est juste un débardeur. Il le retire quand même et le jette à terre avant de me coller de nouveau contre un mur alors que j'aperçois la lumière des escaliers qui doit monter aux chambres. Sa bouche parcourt mon décolleté et ma respiration s'accélère encore lorsque ses dents mordillent la rondeur de mon sein poussée par mon soutien-gorge.

Alors qu'il passe les mains dans mon dos pour retirer mon sous-vêtement, je lui échappe et cours vers les escaliers en riant. Il grogne et me suit, son regard ne me quittant pas. Il fait un peu frais, mais ce jeu est vraiment agréable.

Il me rattrape alors que je suis presque en haut. Il faut dire que je ne cours pas très vite, le but n'est pas réellement de le fuir... Je le laisse donc agripper ma jambe et m'assieds alors sur une marche. Il pose ses genoux de part et d'autre de moi. Il commence par m'embrasser de nouveau : la bouche, le cou, le ventre. Il redescend un peu et déboutonne mon pantalon.

— Tu as des collants dessous ?

— Non, mais j'ai trois paires de chaussettes !

Il retire mon pantalon là, sur les marches. Et mes trois paires de chaussettes. Alors qu'il dépose un baiser sur ma cheville, je me retourne pour m'enfuir à quatre pattes. Arrivée à l'étage, il me soulève par la taille comme si je ne pesais rien et me retourne pour me prendre dans ses bras.

Puis il me pose sur son lit, dans sa chambre. Je la reconnais parce qu'elle a son odeur. Il ne bouge plus. Il me regarde là, étendue en sous-vêtements sur son lit à la lueur de la lampe de chevet alors que lui est encore complètement habillé.

— Tu es divine.

— Tu veux dire diabolique, non ?

Il sourit et, alors qu'il se déshabille, je me mets totalement nue et me faufile sous la couette. Elle est douce, moelleuse et très chaude, même si le lit est froid pour l'instant. Je gémis de plaisir.

— Et dire que j'espérais entendre ces bruits sortir de tes lèvres… je suis ravi ! Même si je pensais en être plus directement responsable…

— Tu m'as menti, je croyais que tu aimais avoir froid. Mais ta couette est bien épaisse et chaude.

— Je n'aime pas avoir froid. J'aime le froid. J'aime aussi le chaud.

Il se glisse dans le lit à côté de moi et je me colle immédiatement à lui. J'étais tant concentrée sur cette couette que je n'ai pas pris le temps de le regarder se déshabiller. Alors mes mains et ma bouche parcourent son corps, l'explorent, pour rattraper ce que mes yeux n'ont pas vu. Mais rapidement, il m'arrête et nous retourne pour être sur moi.

— Si tu continues comme ça, diablesse, ce sera vite fini. À mon tour…

Et il tient parole. Il part sous la couette et je ne sais jamais où sa bouche va se poser, c'est un vrai supplice. Il alterne des gestes lents et rapides. Ses mains, ses lèvres, ses dents, son souffle, il est partout sur ma peau et je frissonne de plaisir. Je gémis.

Lorsque, soudain, sa bouche aspire mon clitoris, je râle. Mais je ne me plains pas, cette fois... C'est juste un râle de jouissance. Je suis tellement excitée par tous ces jeux et ce préambule qu'en quelques gestes habiles, j'atteins un orgasme puissant. Mes mains agrippent le drap et je gémis plus fort et murmure son nom... enfin, son surnom, puisque je ne connais même pas son vrai prénom.

Il se décale et je frissonne alors que mon corps retrouve tout doucement son rythme et que la fraîcheur de son absence se fait sentir. Je peine à ouvrir les yeux, je suis trop bien, mais j'entends une pochette de préservatif qu'on ouvre. Puis je sens sa chaleur sur moi.

Il embrasse le bout de mon nez et je le regarde enfin alors qu'il attend mon feu vert. Je lui souris et il s'enfonce en moi doucement. Il grogne et je vois le plaisir s'inscrire sur son visage comme il doit s'inscrire sur le mien, et nos yeux ne se lâchent pas. C'est un moment d'intimité incroyable. Une connexion s'établit entre nous, comme après le baiser dans la voiture. Je sais que ce n'est pas bien de faire ça. Mais pour l'instant, tout semble si parfait. Il est en moi, il me regarde et nous respirons le même air. Puis il bouge en moi et je me concentre sur chaque sensation. Je nous sens, nous ressens, nous écoute. Je le vois et j'aime tout ça. Je grave dans ma mémoire ce moment parfait. En approchant d'un nouvel orgasme, je ferme les yeux. Je gémis et m'immobilise un instant pour en profiter. Mes muscles se resserrent et se desserrent autour de lui par spasmes incontrôlés. Il n'attend pas longtemps avant de reprendre sa course et mes spasmes continuent alors qu'il jouit à son tour.

Puis il se repose sur moi. Il est si chaud ! Pas étonnant qu'il n'ait jamais froid, c'est une bouillotte ambulante, ce type !

Il se débarrasse du préservatif et je reviens me pelotonner contre lui. Peut-être trouve-t-il cela trop intime ou désagréable ? Je ne sais pas vraiment, mais il ne dit rien et un silence gênant s'installe. Je pensais qu'après une soirée à parler et à rire, le sexe pourrait être étrange, au moins au début. Pourtant, dès mon arrivée, je me suis sentie à l'aise avec lui, à ma place, ses baisers étant presque déjà naturels, même si je me languissais d'en découvrir plus. Mais maintenant, la gêne semble s'installer, alors qu'il faudrait parler de nouveau. Que dire ? Sur quel ton ? Joue-t-on toujours ? En même temps, nous n'avons pas la possibilité de faire autrement. Se pose-t-il les mêmes questions que moi en ce moment ? Il ne faudrait surtout pas que nous commencions à parler trop sérieusement en tous cas…

Alors pour être certaine que ça n'arrive pas, je prends les devants et pose ma bouche sur son ventre – enfin, sur ses abdos – et souffle très fort. J'arrive à peine à faire du bruit. Trop de muscles ! J'essaie donc sur une autre partie du ventre, puis son bras. Je le retourne pour réitérer l'expérience sur une fesse, mais impossible. Il rit et se laisse faire, docile.

— Je ne suis pas très contente de la marchandise ! râlé-je.

— Ma vengeance sera terrible, tu le sais, non ?

— Mais c'est moi la diablesse ! Toi, tu es l'ange, l'Adonis, la perfection !

Je fais de grands gestes théâtraux. Je suis complètement découverte et frissonne. Il rit en me voyant me remettre en vitesse sous la couette. Il la repousse à nos pieds et se repositionne au-dessus de moi, trop haut pour me toucher. Je frissonne encore.

— Je vais te réchauffer encore, diablesse, laisse-moi faire.

Sa tête se perd alors dans mon cou. Son corps descend lentement sur le mien. Son sexe me touche en premier. Déjà durci, il vient appuyer sur le mien. Ma respiration se saccade et j'oublie que j'ai froid. Puis son torse rentre en contact avec mes mamelons et son corps me recouvre et m'enveloppe, sans m'écraser. Il me tient chaud et me faire vivre des sensations incroyables, nos corps s'unissant de nouveau dans une étreinte incroyable.

Après ce second round, je me retrouve affalée sur lui.

— Tu restes dormir ?

Je roule sur le côté et il se relève. Se sent-il obligé de me dire ça ? Est-ce qu'il veut que je parte et il n'ose pas me le dire ? Pourtant, nous avons été honnêtes jusqu'à présent. Enfin, il y a beaucoup de non-dits, mais pas de mensonges. Ou pas que je sache, en tout cas.

— Il fait froid dehors, continue-t-il en chantonnant.

Je souris. Cet argument me convainc de deux choses. Un : je n'ai aucune envie de ressortir, et deux : s'il me parle du froid, c'est qu'il a vraiment envie que je reste.

— Dit comme ça, je ne peux pas refuser, alors… Mais il faudrait que j'écrive un texto à ma sœur, qu'elle ne nous envoie pas les flics demain matin…

— Bah, je les connais les flics ici… mais je vais chercher ton sac en bas, attends-moi ici. Tu veux un verre d'eau ?

J'acquiesce et il part quelques instants. Lorsque mon texto est envoyé, nous nous installons dans son lit pour dormir, un peu incertains de la position à adopter. Nous sommes proches, sans nous toucher. Je ressens sa chaleur, mais pas son contact et j'ai l'impression qu'il me manque quelque chose. J'aurais envie de la sécurité de ses bras et en même temps, je peux très bien dormir toute seule et loin de lui, j'ai l'habitude. Je n'ai besoin de personne !

Trop de choses tournent dans ma tête et je ne parviens pas à trouver le sommeil. Toutes les questions que je refusais de me poser me reviennent en pleine face. Finalement, il aurait mieux valu que nous ne nous entendions pas sexuellement, je pense. Nous aurions pu rester amis. Des amis lointains, mais qui rient bien lors de conversations sans affect. Là, je ne sais plus.

J'ai eu quelques relations sans lendemain depuis la fin de ma relation avec Nicolas. Six pour être exacte. L'un d'eux a cru à l'amour. Un touriste venu en vacances deux semaines et il est revenu en Martinique quelque temps après son départ, pour moi et sans me demander mon avis. Il croyait au coup de foudre, mais après une semaine à vivre ensemble, il est reparti et ne m'a jamais recontactée. Nous nous entendions sexuellement, mais c'était clairement tout ! Les autres ont profité de moi comme j'ai profité d'eux, purement physiquement, et c'était très bien comme ça. Touristes ou locaux, nous n'en avons jamais reparlé et je tends à préférer le plaisir solitaire ces derniers temps pour ne pas me compliquer la vie.

Toutefois, cette nuit avec Som est différente. Pas parce que je passe la nuit ici, il m'est déjà arrivé de dormir sur place ou de laisser l'autre dormir chez moi. Mais d'habitude, soit je me lie d'amitié et ne couche pas, soit je couche et ne parle pas vraiment à l'homme.

Depuis Nico, je n'ai pas réussi à faire autrement. J'ai trop souffert et je l'ai trop fait souffrir. Et je sens que là encore, je vais morfler. Som n'a pas l'air de s'en faire. J'imagine qu'il a l'habitude de ramener des filles ici et de dire adieu le lendemain. Au moins, cette fois-ci, la souffrance sera unilatérale.

Je deviens peut-être masochiste… voilà ce que ça fait, l'enfer !

Alors que je me retourne pour la dixième fois en trois minutes, Som me prend dans ses bras.

— Hey, ça va ? Mon lit n'est pas assez confortable pour une diablesse ? Pourtant, il est tout chaud !

— Ça va, ça fait juste beaucoup de lits différents…

— Tu veux dire que tu as fait ça plusieurs fois depuis ton arrivée ?

C'est la première insinuation directe concernant d'autres relations de l'un ou de l'autre depuis notre rencontre. Je ne sais pas trop quoi répondre. Pourtant, il sait que je suis ici en vacances et que je ne dors donc pas dans mon lit, et aussi que j'ai passé une nuit en refuge. Avec celui-ci, ça fait trois lits. En deux semaines, ça me suffit ! Croit-il vraiment que j'ai couché avec d'autres hommes depuis mon arrivée ?

En tout cas, je ne réponds rien, de toute façon, ce n'était pas une vraie question, si ? Et je ne peux pas lui donner la vraie raison de mon malaise, je ne peux pas lui dire à quel point il me plaît ou lui faire une scène de jalousie sur les autres filles qu'il ramène d'habitude, ce serait mal venu. Ou lui parler de Nico ou des autres hommes depuis... Non, il ne faut absolument pas commencer à parler de tout ça, nous ne sommes pas là pour apprendre à nous connaître ou pour nous faire des confessions après tout.

Alors je me contente de me pelotonner contre lui, en cuiller. Il m'entoure de sa chaleur, son bras au-dessus de moi. Il embrasse le dessus de ma tête et ne bouge plus.

Je sens son sexe pulser un moment contre ma fesse, comme s'il voulait se réveiller et recommencer. Mais Som se contente de m'envelopper et je finis par m'endormir.

CHAPITRE 14

Je suis réveillée par une odeur de café enivrante. Il fait chaud sous la couette et une odeur masculine agréable flotte autour de moi. Je suis bien. Finalement, je suis peut-être au paradis. Je suis sûrement morte de froid quelque part sous la neige et me voici enfin arrivée chez les anges... Mais est-ce qu'on a quand même besoin de faire pipi au paradis ? Parce que là, il va falloir que je sorte du lit !

Je regarde tout autour de moi. Dans la pénombre, avec le peu de lumière que laissent filtrer les volets, je ne vois pas mes vêtements, sauf mes sous-vêtements. Je me souviens qu'en effet, mes autres affaires doivent jalonner le sol de la maison de Som. J'espère qu'il n'a pas de colocataire...

Je repère son tee-shirt d'hier et l'enfile rapidement avant de me rendre dans la salle de bains. Je ne m'y attarde pas, trop pressée de rejoindre le lit chaud, mais lorsque je reviens dans la chambre, mes vêtements sont pliés sur une chaise et Som m'attend sur le lit avec un plateau de petit déjeuner. Il est vêtu uniquement d'un caleçon et a ouvert les volets. Je profite donc du spectacle en le remerciant.

Je me glisse sous la couette en prenant garde de ne rien renverser et il me tend un café. J'hésite à lui demander s'il offre le petit déjeuner à toutes ses conquêtes ou si je suis un peu privilégiée. Il m'a bien demandé si j'avais fait plusieurs lits depuis mon arrivée, alors... Mais je n'ose pas. Je ne veux pas m'enfoncer plus, je me sens déjà trop impliquée. En même temps, s'il répond que c'est son habitude, je pourrais me sentir libérée, non ?

— Tu n'es pas bavarde le matin. Ça change ! J'avais déjà remarqué lors de la rando, au chalet, que tu étais distante le matin. Je croyais même que mon histoire ne t'intéressait pas...

— C'est parce qu'il me faut du temps pour charger le programme
« râleuse de service ». Les mises à jour sont fréquentes et longues. Il
faut savoir bien se plaindre de tout, selon les circonstances, ça ne
s'improvise pas comme ça !

— J'ai remarqué que ta famille te charrie beaucoup sur ça en effet.
Je ne trouve pas que tu râles tant que ça, moi ! Tu t'affirmes et tu es
têtue, mais tu n'es pas râleuse...

— Je crois qu'ils se vengent encore de mon enfance. J'étais un
vrai petit démon râleur. Ou alors ils ne voient pas que j'ai grandi...

— Et maintenant tu es un ange qui s'affirme ?

— Un ange ? Tu as dû te cogner la tête ce matin, non ?

Il sourit et me tend la tartine qu'il vient de beurrer. Bon, peut-être
que ma théorie se révèle vraie : je suis au paradis. Il est donc normal
que Som soit là, presque nu, à me nourrir et à me faire des
compliments. Et qu'il me voie comme un ange, puisque j'en suis un
à présent. Bon, je ne vois toujours pas comment j'ai atterri au paradis,
je ne pense pas l'avoir particulièrement mérité, mais maintenant que
j'y suis, j'y reste !

— Alors tu télécharges comment râler efficacement et te plaindre
de notre nuit ?

Som, ce mec sexy et charmeur, remet en doute sa virilité ? On
aura tout vu !

— Tu n'étais pas là ? Tu ne te souviens pas de mes orgasmes ? Tu
crois que j'ai quelque chose à redire sur ça ? Tu cherches des
compliments, à être rassuré ou tu veux une médaille ?

— Hum ! Bonne question... Disons que je veux les quatre !
Quelques compliments, être rassuré, une médaille et la promesse
qu'on peut recommencer avant ton départ...

— Tu as peur que j'essaie d'autres lits, pour voir s'ils sont plus
confortables ?

— Et moi qui pensais que ma performance était inégalable...

Nous rions, mais je ne le sens pas à l'aise. Doute-t-il vraiment tant de lui ? Ou de moi ? Pense-t-il que je suis une fille facile ? Il faut dire que je le lui ai un peu suggéré, mais quand même ! Avec toutes ces pensées, je crois que mon rire n'est pas franc non plus. Les choses ont changé, c'est indéniable. Cette atmosphère légère, taquine et drôle a évolué et nous n'arrivons pas à nous y accommoder. Pourtant, revenir en arrière et oublier cette nuit ne me plairait pas non plus.

— Pour le quatrième truc… on peut recommencer maintenant, si tu veux…

Je repousse le plateau et me penche pour l'embrasser. Il répond à mon baiser du bout des lèvres. Je n'y comprends plus rien…

— Tu dois partir ? lui demandé-je alors.

— Pas tout de suite. Je travaille aujourd'hui, mais c'est un groupe expérimenté qui vient d'un peu loin. Je les rejoins en début d'après-midi. Nous dormons ce soir au refuge et allons jusqu'au glacier demain matin. Nous serons de retour demain en fin d'après-midi pour qu'ils puissent rentrer le soir chez eux… pour fêter le 31 en famille… Écoute, je sais que ça peut paraître bizarre de commencer l'année ensemble et de ne jamais se revoir ensuite, mais si tu es libre à un moment demain soir, on pourrait se retrouver, si tu en as envie ? Perso, le 31, le 1er ou n'importe quel autre jour de l'année, ça a peu d'importance pour moi…

— Oui, pourquoi pas ? Nous mangeons avec mon père et sa copine qui gardent les jumelles puis nous sortons entre « jeunes » avec Emily et Roy, son mari. Nous avons prévu de faire la tournée des bars jusqu'à en trouver un sympa. Il paraît que les rues sont animées aussi, mais…

— Mais c'est dehors et il fait froid ! Je serai au bar « L'échappée belle ». J'ai promis à des amis de passer. En tout cas, ce sera le bar le plus sympa à mon avis. Rejoignez-moi si vous en avez envie ?

Je m'empare d'une tartine et croque dedans tout en acquiesçant. Je parle la bouche pleine.

— Je vois où c'est.

— Si ça, c'est pas sexy !

— Le petit déjeuner est un repas important. En plus, l'activité annexe proposée n'a pas l'air de t'intéresser, alors je me replie sur ce que je peux...

Il pose le plateau par terre et croque la tartine que je tiens entre mes doigts. Il l'enfourne entièrement et je râle. Il rit et me chatouille tout en s'installant au-dessus de moi.

— L'ange râleur...

Il m'embrasse. Il a le goût de la confiture. Je me faufile pour lui échapper et me penche pour récupérer la cuiller de pâte à tartiner au chocolat. Je m'allonge, relève son tee-shirt que je porte toujours et essuie la cuiller sur mon ventre.

— Votre petit déjeuner est servi, monsieur.

Son sourire s'élargit et il lèche la pâte à tartiner de ma peau. Puis il vient m'embrasser et je goûte le chocolat dans sa bouche. C'est exquis !

Je retire mon tee-shirt et il remet de la matière sur la cuiller qu'il me tend. J'en mets d'abord entre mes seins puis je trace un cercle autour d'un mamelon. Il lèche le tout et je suis bien trop excitée pour continuer l'exercice. Il attrape un préservatif et me place au-dessus de lui. Puis il me fait descendre sur lui. Je ralentis son ardeur. Je vais doucement et il grogne de frustration. Je ris et il nous fait soudain basculer pour se remettre au-dessus. Je le distrais en me relevant pour l'embrasser et le fais tomber en arrière sur le lit pour reprendre le dessus. Nous continuons dans des positions improbables et nous tombons même du lit. Nous rions et tout se termine par un orgasme simultané et incroyable.

Et comme nous sommes juste à côté du plateau, nous en profitons pour finir de déjeuner par terre, la fraîcheur de la pièce oubliée après cette étreinte d'une chaleur torride !

CHAPITRE 15

Je rejoins ma voiture à contrecœur – mais à toute vitesse – dès que le déjeuner est terminé. Soudain, je me suis sentie de trop dans cette maison. Je sais qu'il veut me revoir le lendemain, mais je pense à toutes ces filles avant moi dans ce lit. Toutes celles après moi avec qui il déjeunera alors que je serai loin et je m'enfuis. Il me regarde bizarrement, mais me laisse partir et me rappelle notre rendez-vous du lendemain.

Je rentre et ma sœur recommence son harcèlement. Toutes ces questions auxquelles je n'ai aucune envie de répondre. Elle n'est pas indiscrète, ne me demande pas de détails sur nos ébats, mais elle me met face à mes contradictions. Moi qui me sentais déjà perdue, je me sens complètement à la dérive. Elle qui est si douce et arrangeante, qui a tendance à toujours arrondir les angles, on dirait qu'elle se plaît à me mettre face à mon mur pour que je me le prenne en pleine face. Je change donc de conversation et nous parlons un moment de mes nièces, tout en buvant un café.

Puis je monte prendre un long bain. Je tente de me détendre, mais je passe des rires au souvenir de nos discussions déjantées avec Som, à la tristesse de ne jamais pouvoir aller plus loin avec lui. Puis j'arrive à la colère contre moi-même de m'être attachée à lui. Qu'est-ce qui m'arrive ? Parce que je me sens mal. Et en même temps, je me sens bien. Peut-être parce que toute cette histoire me redonne espoir, finalement.

En effet, depuis la débâcle avec Nicolas, je pensais que je n'étais vraiment pas faite pour les relations. Que même si j'aimais toujours le sexe, je ne serais plus jamais vraiment attirée autrement que physiquement par quelqu'un. Puis, au fil du temps, mon vibromasseur m'avait suffi, voire plus rien. Le sexe, c'est un peu comme le sucre. Plus on le pratique, plus on en a envie et moins on en prend et moins on en a besoin. Alors jusqu'à ma rencontre avec Som, je me voyais finir ma vie seule. Je m'étais faite à l'idée de cette vie solitaire. Je crois que je tentais même de me persuader que c'était mieux ainsi. Et malgré tout, je m'aperçois aujourd'hui que je n'ai jamais complètement lâché tout espoir. Que cette envie de partager quelque chose avec un homme peut revenir. Qu'elle est même déjà là. Ou encore là, peut-être. Et que si Som a su la réveiller, un autre saura sans doute la combler. Quelqu'un en Martinique, ou ailleurs, mais je pense que oui, quelqu'un, quelque part est fait pour moi. Un homme avec le même état d'esprit que moi, certainement un surfeur qui a envie de bouger, qui aime le changement. En tout cas, je l'espère.

Revigorée par ces pensées, je sors de mon bain. Puis, je vais jouer avec mes nièces alors que ma sœur se repose. Bon, c'est ce qu'elle me dit, mais je vois bien qu'elle rejoint Roy dans le bureau du premier étage… J'habille donc les filles et nous allons jouer dans la neige. Eh oui, moi, la réfractaire au froid, je fais ça pour ma sœur. Quelle dévotion pour ma famille, n'est-ce pas ?

La vérité, c'est que je commence à me rendre compte que la neige n'est pas forcément synonyme de froid et d'horreur. Que ce n'est pas l'enfer que je m'étais imaginé. Bien habillée, on a vite chaud à bouger dans ce désert blanc. En plus, c'est plutôt beau et les possibilités de s'amuser sont nombreuses. Nous faisons un peu de luge dans le champ à côté du chalet. À trois dans la luge, nous sommes un peu à l'étroit, mais je m'amuse comme une petite folle. Les remontées de pente, à pied, sont de plus en plus difficiles et j'ai de plus en plus chaud. Maintenant, je comprends l'utilité des tire-fesses !

Ma sœur vient nous rejoindre. Je vois qu'elle est étonnée de mon initiative de sortir dans le froid, mais ne dit rien et nous propose un chocolat chaud et des crêpes. La cuisinière fait des crêpes moelleuses et croustillantes à la fois et je ne m'en lasse pas ! La neige, apparemment, ça fait grossir… Je réprime un sourire en étalant ma pâte à tartiner au chocolat sur ma crêpe et me promets de me remettre aux légumes dès que possible.

— C'est cool que Som t'ait donné une bonne adresse pour demain ! Tu connais le *dress code* ? Il faut s'habiller classe ou décontracté ?

— Je crois que c'est soirée doudoune et *moonboots*, comme tous les soirs ici…

— Ah ! Ah ! On pourrait passer demander ? Et si on allait dans la vallée cet après-midi pour trouver quoi se mettre ? Tu pourrais trouver une robe chaude et sexy pour Som ?

— Chaude dans quel sens ? Parce que c'est pareil que sexy, non ? De toute façon, je ne suis pas sûre que Som ait très envie de porter une robe…

— Tu es bête, me répond ma sœur.

— C'est quoi « sexy », Maman ? interroge ma charmante petite Fiona.

Sexy, c'est un mot pour les grands, ma chérie. Mange ta crêpe !

— C'est pas très gentil de dire à Tata Emma qu'elle est bête. Moi, je la trouve drôle ! me défend ma nièce.

— Ah, enfin une parole sensée dans cette maison… répliqué-je alors, collant mes paumes l'une à l'autre devant ma poitrine, comme pour prier. Alléluia !

— Et si on l'invitait ? Il pourrait manger avec nous puisqu'il n'a rien de prévu !

Ma sœur est complètement folle ! Je m'étouffe avec mon chocolat chaud en entendant son idée débile.

— Non, non, non ! Alors là, pas question !

— Mais... ce n'est pas très sympa, pourquoi tu ne veux pas l'inviter ?

— Inviter qui ? demande Roy en arrivant, attiré par l'odeur des crêpes.

— Som ! Le beau monsieur, le guide. Il a dit à Emma qu'il était seul demain, qu'on pouvait le rejoindre au bar plus tard dans la soirée, mais il peut aussi venir manger avec nous, non ?

— L'homme aux noms multiples... mais quel est son vrai prénom ?

— Éric !

Toutes les têtes se tournent vers moi et je hausse les épaules.

— Ben quoi ? J'ai passé deux soirées avec lui, j'ai quand même eu le temps de lui demander son prénom, je suis une femme civilisée, moi ! Mais il est impensable qu'Éric vienne manger avec nous. Ça ne se fait pas.

— Ce qui ne se fait pas, c'est d'être impoli et de ne pas le lui proposer.

Je décide que répondre ne fera qu'envenimer les choses, alors je ne dis rien et me concentre sur ma crêpe. Roy demande aux jumelles comment s'est passée leur matinée pour noyer le poisson, mais Emily ouvre la porte de la cuisine et me fait signe de la suivre.

Je souffle bruyamment, pour la forme, mais je la suis pour finir notre conversation. Il n'y a que comme ça que j'aurai la paix.

Elle m'attend dans le couloir, juste derrière la porte.

— Pourquoi tu ne veux pas l'inviter ?

— Parce que je t'ai dit : quel intérêt ?

— D'être polie !

— Je m'en fous d'être polie. Nos échanges, ce n'est pas de la politesse.

— Alors quoi ?

— Tu le sais très bien. Ça commence par S et ça finit par exe...

— C'est faux ! Il y a eu plus que ça, pourquoi tu continues à faire l'aveugle ?

— Parce que je n'ai pas le choix, chère sœur ! Parce que je pars dans quelques jours et qu'il habite dans cet endroit où je n'ai aucune intention de remettre les pieds !

Je fais des grands gestes et de nombreuses grimaces en disant ça. Il faut qu'elle comprenne qu'elle m'agace vraiment, là !

— Et si on revient passer Noël ici l'année prochaine ?

— L'année prochaine à Noël, je serai mariée et j'aurai quatre enfants.

— Ne dis pas n'importe quoi, ce n'est même pas possible !

— Si, des quadruplés ! Ou alors je fais une demande d'adoption. Pour moi. Je me fais adopter par une autre famille et je passe Noël avec eux.

— Tu ne peux pas être sérieuse deux minutes ?

— Ça fait beaucoup plus de deux minutes que tu m'ennuies avec cette histoire. Écoute, je ne veux pas. Ce n'est pas pour être impolie ou pour t'embêter. Je ne le sens pas. Je serais gênée qu'il soit là, on finirait forcément par aborder des parties de nos vies que nous ne voulons pas aborder l'un avec l'autre. Tu connais Papa, il est à côté de la plaque alors il finira par demander à Som sa première expérience sexuelle ou par lui parler de Nico…

— Tu as raison, ce serait bizarre.

Je me calme un peu et souffle un bon coup. Mes épaules s'affaissent.

— Je n'en ai pas le courage, Emily. Ne m'en veux pas. C'est surtout pour me protéger. Je l'aime bien, mais c'est un tombeur et nous habitons à des milliers de kilomètres. Le moins j'en sais, le moins il rentre dans ma vie, dans notre famille et le mieux c'est.

— C'est presque déjà un peu tard, non ? Mais je comprends. Tu veux le voir quand même demain ou tu veux qu'on évite aussi le bar dont il a parlé ?

— Tu rigoles ? C'est un super coup au lit et après ma période de disette, j'en veux encore !

Elle rit et nous retournons dans la cuisine. Je suis contente qu'elle ait compris, même si je ne voulais pas lui en dire tant pour ne pas l'inquiéter. Parce que ma sœur est intelligente et qu'elle me connaît, je suis certaine qu'elle sait déjà que je ne sortirai pas indemne de cette histoire.

L'après-midi, nous allons donc faire les boutiques dans la vallée et revenons le soir pour accueillir notre père et sa copine, Maman 2, qui sont revenus de leur périple. Ils sont enchantés. Enfin, Maman 2 est enchantée et mon père suit ses exclamations de joie à elle.

Je vais me coucher tôt. Entre la nuit dernière, le sport en chambre, la neige ce matin et les boutiques de l'après-midi, je suis claquée. Et j'espère être en forme pour demain, dernier jour de cette année avec un bilan plus que mitigé…

CHAPITRE 16

Le matin du 31, je me réveille tard et en pleine forme. J'ai dû dormir au moins douze heures, c'est incroyable ce que ça fatigue, le froid ! Je me réveille en voyant le visage de Nicolas. Est-ce que j'ai rêvé de lui ? Est-ce que ça veut dire quelque chose ? Je n'en sais rien, mais j'allume mon portable et mes doigts glissent jusqu'à son contact. Un geste que j'ai fait si souvent, tellement naturellement. Puis plus rien. Plus jamais. Jusqu'à ce matin. Sans vraiment savoir pourquoi, j'appuie sur le bouton vert.

— Emma ? Tout va bien ?

Ré-entendre sa voix après tout ce temps me donne des frissons. Je ferme les yeux et l'imagine assis à son bureau.

— Salut ! Ça va. Je suis désolée, je voulais juste te parler…

— Me parler ? Tu rigoles ? Tu t'es barrée à plus de 7000 kilomètres du jour au lendemain, sans rien dire, et maintenant, tu veux me parler ?

— Je suis désolée…

— Tu l'as déjà dit. Mais rien pendant un an, huit mois et quatre jours et là, tu veux me parler. Tu m'expliques ?

Je m'arrête un instant pour prendre une bonne inspiration. J'ai du mal à croire qu'il continue à garder un décompte aussi précis de mon départ. J'ai dû lui faire encore plus de mal que ce que je me suis imaginé. N'est-il pas encore remis de notre séparation ? Il est vraiment temps que je lui dise ce pour quoi je l'appelle.

— Je voulais juste m'excuser. Je sais que ça ne change rien à ce que j'ai fait, que c'est un peu tard, mais je tenais à te le dire. Tu m'en veux toujours autant ?

Il souffle. Je l'imagine passer la main dans ses cheveux. Il fait toujours ça quand il cherche ses mots.

85

— Je t'en ai voulu pendant longtemps, Emma. J'ai souffert. Mais je crois que j'ai fini par comprendre pourquoi tu l'avais fait, pourquoi tu étais partie… Ouais, j'ai compris et… et je ne t'en veux plus. Plus maintenant.

J'expire, me rendant compte que j'avais retenu ma respiration. Je suis soulagée.

— Moi aussi, j'ai souffert. Je sais que tu t'en fous sûrement, mais ça n'a pas été facile pour moi non plus. Cette décision a été la plus difficile de ma vie...

— C'est vrai que c'était un peu tard pour tout envoyer balader, comme ça, juste avant le mariage. Mais je sais aussi que tu n'étais pas prête. Je t'ai forcé la main, parce que j'avais peur de te perdre. Tu n'as jamais voulu de ce mariage. Je me demande parfois si notre histoire aurait été différente si je n'avais jamais fait cette demande…

Je ne dis rien. Je crois que ça n'aurait rien changé. Nous n'étions juste pas faits l'un pour l'autre.

— Ta fougue, ton énergie, ton rire… Tu m'as manqué pendant si longtemps ! Mais je vois bien qu'on est mieux accordés avec Anaïs. Son calme, sa maîtrise. Nous sommes mieux assortis. Et pourtant, on a eu de si bons moments toi et moi…

Encore une pause où je ne dis rien. Je suis lâche, je l'appelle et je le laisse parler. Mais j'ai peur de pleurer si je dis quelque chose.

— Emma, dis-moi que tu ne m'appelles pas parce que tu veux revenir, que tu veux réessayer…

— Non. Je sais qu'Anaïs était déjà éprise de toi quand nous étions ensemble. Tu dois la combler ! C'est une fille bien, je vous souhaite d'être heureux.

— C'est drôle que tu appelles aujourd'hui… Je pensais la demander en mariage ce soir, à minuit. C'est nul, non ?

— Non, soufflé-je sans pouvoir retenir mes larmes maintenant. Ce n'est pas nul, Nico, c'est super ! Elle aime tout ça, le romantisme, les déclarations. Elle va adorer !

— C'est bizarre de te parler de ça à toi. Je n'ai pas besoin de ton feu vert, mais je crois que ça m'enlève un poids de savoir que c'est OK pour toi.

— C'est plus qu'OK. Tu mérites vraiment d'être heureux, Nico. Tu sais qu'on aurait fini par se rendre misérables.

— Je sais. Et toi, tu es heureuse ? Tu as rencontré quelqu'un ?

— Non. Non, je n'ai personne, mais ma boutique marche du tonnerre. Tout va bien.

— Ta famille ? Ici, tout le monde va bien.

— Ici aussi. Merci, Nico. Je vais te laisser maintenant…

— Emma ? Tu sais que toi aussi, tu mérites d'être heureuse, pas vrai ?

— Moi aussi, tu veux dire même la râleuse de service ? La lâcheuse ?

— Tu as pris ce rôle pour arranger les choses dans ta famille. Je ne sais pas si c'était pour ta sœur parfaite, ton père qui ne dit jamais un mot qui fâche ou ta mère, toujours joyeuse. Je crois que tu devais leur montrer qu'on peut râler, dire ce qu'on pense et que les gens nous aiment quand même. Pour leur permettre d'être eux-mêmes. Mais ce n'est pas ton boulot, tu peux lâcher ce rôle maintenant. Tu es une belle personne, profite de ta vie. Sois heureuse, Emma.

— Eh bien, dis-je en reniflant, tu as toujours été aussi perspicace ?

— Non, j'ai appris en t'observant, je crois. Et puis ensuite, j'ai dû me débrouiller seul. Tu m'as beaucoup appris, tu m'as fait évoluer. Merci.

— Je ne suis pas sûre de mériter tous ces compliments. Ni même que tu sois si gentil avec moi, mais je t'en remercie aussi. J'en avais besoin.

— Bonne continuation, Emma. N'attends pas d'invitation pour le mariage…

Et puis plus rien.

Je regarde mon téléphone.

Nico a raccroché.

Sorti de ma vie, encore une fois. Je ne sais pas pourquoi j'avais besoin de lui parler tout à coup, mais je crois que ça m'a fait du bien. Je descends raconter cette étonnante conversation à ma sœur dont les yeux s'arrondissent au fur et à mesure de mon résumé.

— Nico ? Le même Nico que tu devais épouser et que tu as laissé en plan ? Il t'a dit tout ça ?

D'abord très surprise, autant par mon appel que par ses réponses, elle me confirme ce qu'il m'a dit sur eux. Comme Som, elle m'assure que je ne râle plus vraiment. J'ai mon caractère, mais je suis loin d'être désagréable, selon elle. Nous finissons par pleurer toutes les deux dans les bras l'une de l'autre en réaffirmant notre amour fraternel. Puis nous parlons de nos parents, loin de toutes oreilles indiscrètes, et partageons un moment vraiment fort. Ces vacances sont vraiment étranges et pleines d'émotions, je ne sais pas si je vais m'en remettre ni dans quel état Jörvi va me retrouver !

CHAPITRE 17

Le 31 décembre, tout le monde va skier pendant que je garde mes nièces. Ma sœur n'en a pas trop eu l'occasion et je veux profiter à fond de ces deux petites chipies avant mon départ. Parce que oui, je repars bientôt. Plus que quatre jours et je serai à plus de 7000 kilomètres d'ici. Nico et ses chiffres... Je ne pense plus qu'à ça, à présent, à ces 7000 kilomètres. Loin de ces deux petites filles. De ma sœur, de mes parents. J'apprécie vraiment Roy aussi, je comprends comment ma sœur a pu tomber si éperdument amoureuse de lui. Et il l'adore en retour, je vois bien comme ils se regardent l'un l'autre, ça fait rêver.

C'est vraiment moi qui pense ça ? Attendez, je vais vomir !

En tous cas, je n'ai même pas pu voir mes amis à Hendaye cette fois-ci. Déjà que je ne rentre pas souvent... Et si j'installais une boutique de surf là-bas aussi ? Je serais proche d'eux quand j'irais la gérer, en été. Et le reste du temps en Martinique. Oui, ça peut marcher... Jusqu'à présent, je ne m'autorisais pas à imaginer retourner là-bas pour plus de quelques semaines, sans trop sortir des maisons de mes parents, ma sœur ou mes amis. C'était trop proche de Nico, il y avait trop de risque de le croiser et de ne pas savoir quoi lui dire. Mais je crois que notre conversation téléphonique a déchargé quelque chose. Je n'ai plus cette appréhension. Je pourrais aller vers lui et lui parler maintenant si nous nous croisions par hasard, dans une rue. Oui, je crois qu'aujourd'hui, j'en serais capable sans m'effondrer. La culpabilité n'est plus si lourde, même si j'ai bien entendu l'hésitation dans sa voix.

Emma, dis-moi que tu ne m'appelles pas parce que tu veux revenir, que tu veux réessayer...

Et si je lui avais dit que si, que c'était pour cela que j'appelais ? Qu'aurait-il dit ? Il m'a dit qu'il était heureux, qu'il savait bien que nous n'étions pas faits l'un pour l'autre, pourtant il y avait cette incertitude dans sa voix à ce moment-là.

Parce que même si je l'exaspérais souvent avec ma spontanéité, à tout vouloir changer sans arrêt alors que lui aimait tout planifier, il posait ce même regard sur moi. Celui qu'a Roy pour ma sœur. Et j'aimais ça. Je me sentais belle, aimée. Attirante et sexy.

Je n'avais jamais voulu de ce mariage, mais lorsqu'il avait mis un genou à terre et qu'il m'avait fait sa demande, ses yeux brillaient si intensément en me regardant… J'y lisais tellement de promesses que je n'avais pas pu dire non. Il avait été si heureux d'entendre mon « oui ». Parce qu'il avait ses doutes, il me connaissait. Mais j'avais dit oui, je m'étais engagée. Et j'avais été lâche, je n'avais pas pu aller au bout de ma décision.

Alors que les skieurs reviennent pour le repas du midi, je téléphone à Jörvi. Tout se passe bien en Martinique. Les touristes sont au rendez-vous, même en plein hiver et la boutique fonctionne bien. Nous avons aussi nos habitués. Jörvi me raconte que lui et Paul prévoient de passer la soirée à une fête où il y aura du monde, alors ils ne pourront pas être vus ensemble, mais qu'après, Paul pourra passer la nuit avec lui sans inquiéter sa famille. Peut-être même une partie du premier jour de l'année. Mon ami est aux anges et je souris d'entendre tant de bonheur dans sa voix.

— Et toi, les hommes des cavernes des Alpes, tu les as amadoués ?

— C'est une longue histoire.

— Alors je m'assieds. Vas-y, raconte, poupée !

— J'ai passé deux soirées avec un gars d'ici…

— Quoi ? Deux soirées ? Pas juste des nuits ? Deux avec le même gars ? Voilà pourquoi tu ne décrochais pas ton téléphone, ça fait des jours que j'essaie de te joindre !

— En même temps, tu me laisses des messages pour me dire qu'il n'y a rien de neuf et que tout roule, alors… je suis désolée, je suis un peu déboussolée ici…

— Ou c'est ce mec qui te fait tourner la tête ! Il est comment ? C'est le guide dont tu m'as parlé la dernière fois ? Raconte !

— Oui, c'est lui. Il m'a invitée au restaurant le premier soir et…

— Un rencard ? Un vrai rencard ? Toi ? Le froid a dû te geler le cerveau, non ?

— C'est exactement ce que j'ai pensé, figure-toi ! Mais voilà, on a bien ri, il est vraiment cool. Je savais dès le début que c'était une mauvaise idée d'aller plus loin, mais comme il est aussi super sexy et que je ne le reverrai jamais… Eh bien, je me suis aussi dit que c'était dommage de ne pas en profiter.

— Tu as bien raison !

— Je ne sais pas, Jörvi… Je l'ai embrassé puis on s'est revus et on a passé une nuit ensemble…

— Waouh, super ! Une nuit torride ?

— Oui. Super torride.

— Alors il est où le problème, pourquoi as-tu l'air si dépitée ?

— Parce que je sens que la séparation, qui est pourtant inévitable, va être dure…

— Tu peux toujours le revoir.

— Tu rigoles ? Il habite à plus de 7000 kilomètres ! Il est la glace et moi le feu, ça ne peut pas marcher.

— J'avais cru comprendre qu'il était plutôt chaud…

— Oui. Il aime le froid, mais il n'est pas froid, ce n'est pas ce que je voulais dire… Je suis un peu perdue. Vivement que je revienne, ça me remettra les idées en place.

— Ouais, eh bien, en attendant, éclate-toi, Emma ! Tu ne fais que bosser ces derniers temps. Les boutiques, les cours de surf... Tu as bien mérité des vacances et du bon temps, poupée.

— Merci, Jörvi.

Après tout ça, je n'ai pas le courage de lui dire que j'ai appelé Nicolas. Je le rappellerai pour lui souhaiter une bonne année demain. Une chose à la fois ! Nous nous souhaitons une bonne soirée de fin d'année et raccrochons.

Le reste de l'après-midi se déroule paisiblement. Je mets les filles au lit pour leur sieste, mais nous finissons toutes les trois dans mon lit à lire des histoires et à se faire des guilis. Puis nous nous endormons... Heureusement, nous nous réveillons à temps pour le goûter ! Puis, rapidement, alors que nous sommes en train de jouer dans le salon, leurs parents, mon père et Maman 2 reviennent du ski. Ils prennent leur temps pour une douche alors que nous terminons notre jeu de princesses et je me prends à m'imaginer un conte de fées tout personnel. Un monde où la montagne et la mer, le froid et le chaud pourraient se côtoyer facilement. Som et moi. Je perds vraiment les pédales ! Parce que même si mon séjour ici ressemble de moins en moins à l'enfer que je m'étais imaginé, je ne peux pas quitter la vie presque parfaite que je me suis construite en Martinique. Et sûrement pas pour les beaux yeux d'un guide de montagne amoureux de la neige et de sa station !

CHAPITRE 18

L'heure du repas arrive et nous nous attablons. La cuisinière nous a laissé un somptueux repas, les odeurs s'échappant de la cuisine toute la journée m'ont mis l'eau à la bouche et j'ai hâte de goûter à tous ces plats merveilleux. Nous racontons tous notre journée. Les jumelles en profitent pour me trahir.

— Et Tata, elle nous a laissées dormir sur son lit pour la sieste !

— Et même qu'elle, elle a fait un gros dodo aussi !

— Ça fait du bien, Tata, pas vrai ? Maman, elle dit toujours qu'il faut faire un gros dodo l'après-midi pour être en forme, mais elle, elle en fait jamais ! Maman, demain tu pourras faire dodo avec nous, s'te plaît ?

— Oui, oui ! Sur ton lit !

Ma sœur me regarde, désespérée.

— Oui, demain, tu seras contente de faire un gros dodo dans l'après-midi, hein, Maman Emily ! la taquiné-je.

— Maman Emily, un dodo !

— Maman Emily !

Super, encore une bêtise…

Je ferais mieux de me taire, pourtant, je ne peux pas m'en empêcher, je pose la question qui fâche. Pour sortir d'une conversation gênante, quoi de mieux qu'une autre conversation gênante ? Je me penche en avant, pose les coudes sur la table et fixe l'amie de mon père.

— Maman 2, vous semblez avoir pas mal de points communs avec ma vraie maman, vous ne trouvez pas ?

— Maman 2 ? C'est moi, ça ? demande alors la copine de mon père qui plonge immédiatement ses yeux dans son assiette.

— Oui, vous ! Vous n'avez pas remarqué ?

— Emma, tu reveux du gratin ? demande alors ma sœur.

— Vous n'avez pas eu l'impression de vous regarder dans une glace en la voyant ? Papa, arrête de regarder ton assiette, personne ne va te la piquer !

— Je ne sais pas, ma chérie. Tu crois vraiment qu'elles se ressemblent tant que ça ?

— Oui ! Emily, dis-leur, toi !

Je regarde ma sœur, cherchant un peu de soutien. Elle aussi fixe son assiette à présent, mais elle finit par laisser un petit filet de voix sortir de sa gorge.

— C'est vrai que je n'ai pas pu m'empêcher de remarquer des similitudes…

— Vous êtes les deux mêmes ! je renchéris, beaucoup plus fort que ma sœur. Physiquement, et au niveau du caractère ! Ne vous méprenez pas, je vous trouve très sympathique du coup, mais là… Papa, je ne vois pas le but !

— Le but de quoi ? me répond-il.

Autant parler à un mur ! Je souffle très bruyamment, souhaitant clairement signifier mon indignation. Et c'est Maman 2 qui reprend :

— Enfin, Gérard, tu vois, je ne suis pas la seule à le remarquer. Marie nous en a parlé l'autre jour, mais je pensais que personne d'autre ne le voyait, je croyais devenir folle. Vous êtes donc d'accord, c'est un peu bizarre, n'est-ce pas ?

— Oui !

Toutes les voix s'élèvent en même temps. Même Roy s'y met. Je savais bien que je la trouvais sympathique, cette femme. Elle comprend bien que ce n'est normal. Je ne voulais pas la mettre mal à l'aise, mais je n'en pouvais plus de tenir ma langue ! Je pars bientôt et il fallait que ce soit dit. Maman 2 est intelligente. Ma mère n'a rien osé dire directement à mon père, mais elle m'a avoué qu'elle ne trouvait pas ça très sain…

94

Mon père nous regarde tous, tour à tour, étonné. Puis son visage reprend son air imperturbable habituel.

— Bof, vous exagérez sûrement un peu, mais si vous le dites, je veux bien vous croire.

Et il reprend la contemplation de son assiette. Je lève les bras au ciel.

— Et c'est tout ?

— Ben oui, que veux-tu qu'on y fasse ?

— Je ne veux rien qu'on y fasse, moi ! Je veux juste que tu te poses toi-même la question ! Ça veut dire quoi ?

— Gérard, puisque tout le monde trouve ça bizarre…

— Mais, ma puce, qu'est-ce que ça peut faire ?

Nous nous regardons tous, les uns les autres. Une scène étrange où les têtes se tournent, les yeux se croisent, puis une expression passe et les visages changent, nous regardons la personne suivante. Comme si plein de conversations silencieuses avaient lieu en même temps. Et pendant ce temps-là, les jumelles chantonnent leur chanson préférée du moment. J'hésite entre éclater de rire ou m'en vouloir terriblement d'avoir mis ça sur la table… parce que la situation est comique. Mais inconfortable pour tous.

Puis, comme si de rien n'était, ma sœur et mon père commencent à débarrasser la table pour passer au fromage. Je vois que cette conversation s'arrête là, alors je les aide après avoir haussé les épaules en regardant Roy qui n'y comprend rien. Mais voilà, c'est le fonctionnement familial. J'ouvre la bouche, je parle, tout le monde est d'accord, mais aucune décision n'est jamais prise et nous revoilà partis dans le statu quo. J'ai l'habitude. Évidemment, on pourrait se demander comment mes parents ont donc un jour pu prendre la décision de divorcer… En réalité, je crois qu'ils ne le savent pas eux-mêmes. Un homme a tenté de séduire ma mère et elle a demandé à mon père de se positionner. Elle avait besoin de savoir qu'il tenait encore à elle parce qu'il ne disait jamais rien. Mais il n'a pas su. Il n'a rien dit. Ou il a dû dire qu'elle devait faire comme elle voulait, que lui n'y pouvait rien.

Alors, sur un coup de tête, ma mère a demandé le divorce. Elle n'a même pas rejoint l'homme qui l'avait séduite. Elle a espéré jusqu'au bout que mon père dise enfin quelque chose, mais il a signé les papiers et c'est tout. Ils ont été tristes chacun de leur côté et n'ont rien dit. Ils ont fini par rencontrer d'autres personnes, mais ces gens passent et mes parents se retrouvent avec joie à chaque fête de famille. Ils demandent toujours des nouvelles l'un de l'autre quand je les ai au téléphone. C'est beaucoup de malheur pour rien. Alors une fois dans la cuisine, je ne laisse pas passer et renchéris…

— Tu n'en as pas marre, Papa ?

— De quoi, ma chérie ?

— De ce cirque ? Tu ne peux pas juste dire à Maman que tu regrettes ?

— Je ne comprends pas.

— Tu es un lâche. J'ai cru pendant plus d'un an et demi maintenant que j'avais été lâche d'annuler le mariage avec Nico à la dernière minute, mais en fait, tu sais quoi ? Ça a pris du cran de faire ça. Ouais, j'ai souffert et lui aussi, mais c'était la bonne décision. Je me suis positionnée pour tous les deux, parce que quelqu'un devait avoir le mauvais rôle. Et dans cette putain de famille, j'ai l'habitude d'avoir ce mauvais rôle alors voilà, il y en a marre de vous voir malheureux tous les deux depuis des années, juste parce que tu n'as jamais rien dit, même sur quelque chose d'aussi important que tes sentiments pour ta femme.

Ma sœur laisse tomber les couverts qu'elle avait dans la main mais ne bouge pas pour les ramasser. Elle me regarde, la bouche grande ouverte. J'ai les larmes aux yeux mais je ne lâche pas et tente de regarder mon père dans les yeux alors qu'il essaie de se défiler. Je m'approche encore et il répond enfin.

— Tu crois ?

— Putain, Papa, tu le fais exprès ou quoi ? Tu n'en as vraiment rien à faire d'elle ?

— Non, c'est vrai, tu as raison.

— Je m'en fous d'avoir raison. Je m'en fous que tu me dises que j'ai raison. Je veux juste que toi, tu me dises ce que tu ressens. Là ! Dans ton cœur, insisté-je en mettant mon doigt sur sa poitrine maintenant que je suis tout près.

— Je… Que veux-tu que j'y fasse, il est trop tard…

— Il est trop tard ? Que veux-tu que *moi* j'y fasse si tu as perdu – non, gâché – une bonne partie de vos années ensemble à cause de ton incapacité à dire quoi que ce soit ? Je suis allée voir une psy, moi, après la séparation. Tu devrais te faire aider, tu sais !

Mon père paraît un peu désemparé. Un peu. Il montre une toute petite émotion, une petite réaction à mes propos cinglants. Mais que faut-il pour le faire sortir de ses gonds ? Il regarde ma sœur, qui continue à rester figée, les couverts à ses pieds. Comme toujours, elle devrait être là pour calmer les choses. C'est ce qu'elle a toujours fait. Mais parfois, il ne faut rien adoucir. Parfois, il faut juste que ça pète un bon coup. Une explosion pour provoquer un changement ! Et je crois que notre rapprochement et nos conversations à cœur ouvert lui ont fait réaliser cela, parce qu'elle nous surprend tous les deux, mon père et moi.

— Oui, merde, Papa, enfin ! Dis quelque chose pour une fois ! Tu ne l'aimes pas, Maman ? Tu ne l'as jamais aimée ?

— Si, si, bien sûr que je l'ai aimée… Bien sûr.

— Et nous, on ne compte pas ? continué-je alors les larmes aux yeux. Tu sais tout le mal que tu nous as fait ?

— Mais… mais c'est votre mère qui voulait divorcer, je n'y suis pour rien…

— Super ! Continue ta politique de l'autruche. Tu as déjà la tête au bon endroit pour ton enterrement ! Moi, je t'aime, Papa ! Toi, tu ne me l'as jamais dit, je ne sais même pas si je compte à tes yeux, mais tu as raison, c'est trop tard pour y faire quoi que ce soit, alors crève avec tout ça coincé dans ta gorge. Étouffe-toi avec, même, je n'en ai plus rien à faire !

Sur ce, je m'en vais de la cuisine, je ne peux plus retenir les larmes qui coulent de mes yeux. Pour la première fois de ma vie, je crois, j'entends mon père crier.

— Là, tu vas trop loin, Emma !

Puis je ne l'entends plus, je monte dans ma chambre. Peut-être qu'il a raison, c'est trop tard. Moi, je n'ai plus d'énergie à leur transmettre, ils ne font que la gâcher, à tourner en rond dans leurs incertitudes.

CHAPITRE 19

Je zappe le fromage et le dessert, je me sens incapable de redescendre les confronter. Je n'ai même aucune envie de sortir fêter le Nouvel An, mais ma sœur vient me chercher et me force à me changer. Elle me fait asseoir et commence à jouer avec mes cheveux, les relevant, les abaissant, laissant retomber quelques mèches. Elle a toujours aimé la coiffure, mais elle était douée à l'école alors elle s'est sentie obligée de faire de grandes études. Bon, cela lui a finalement permis de rencontrer Roy, mais je suis sûre qu'elle aurait adoré travailler dans un salon. Je la laisse donc s'amuser.

— Papa qui crie…

Elle s'éclaffe et je la rejoins. Nous rions de plus en plus et elle relâche même mes cheveux pour se tenir le ventre. C'est bête, mais nous sommes hilares et ne pouvons plus nous arrêter.

— Ce n'est… pourtant… pas drôle !

J'arrive à articuler quelques mots, mais nous repartons à rire de plus belle. Nous finissons allongées sur mon lit, à bout de souffle. Nous devons faire des efforts pour reprendre notre respiration.

— Eh bien, voilà qui clôture bien l'année !

Ma sœur se relève, attrape quelques pinces et barrettes et vient se positionner derrière moi, sur le lit. En quelques gestes habiles, elle me coiffe. Je m'approche du miroir et je dois dire que le résultat est concluant. Mes longs cheveux châtains sont tenus à l'arrière alors que quelques mèches rebelles viennent souligner mes pommettes et la forme de mon visage. Mes yeux dorés ressortent grâce au haut bordé de paillettes que nous avons choisi hier dans la vallée.

— Tu es magnifique, sœurette ! Je suis contente que tu sois venue. Ça fait plusieurs années que les parents de Roy veulent venir fêter Noël ici et… je pensais que tu ne viendrais pas, alors je disais

99

toujours non, mais là, ils ont tellement insisté ! Merci d'avoir fait l'effort. Sans toi, ça n'aurait pas vraiment été Noël. Ni pour moi ni pour les filles.

Je remercie ma sœur et lui retourne sa gentillesse et ses compliments. Puis nous nous maquillons ensemble – très peu – et rejoignons Roy.

Nous ne croisons pas mon père et j'en suis soulagée. Je suis déçue de ne pas avoir embrassé mes nièces avant leur nuit, mais je les verrai demain. Je pars le cœur un peu serré et, bien emmitouflée et préoccupée, je remarque à peine le froid lorsque nous sortons du chalet. Nous prenons la voiture jusqu'au centre du village, mais prévoyons de rentrer en taxi. Nous récupérerons le véhicule demain.

— Tu crois que tu rentreras avec nous ? Ou tu vas passer la nuit chez Som ?

— Je ne sais pas. Peut-être qu'il aura déjà trouvé une autre conquête étant donné l'heure !

— Il n'a pas intérêt, sinon je lui pète son nez de « beau monsieur », moi.

Roy n'est pas du genre violent. Il est grand et bien bâti, mais rien à voir avec Som. Nous rions et je le remercie de prendre au sérieux son rôle de beau-frère.

— J'ai tellement entendu parler de lui sous différents noms, je dois dire que je suis curieux de le rencontrer… Tu vas me le présenter, quand même ?

— Si tu veux…

— Il va falloir se garer là. C'est un peu loin, mais je n'ai pas vu d'autres places… Nous allons devoir nous dépêcher si nous voulons avoir un verre pour trinquer à la nouvelle année !

C'est vrai qu'il est déjà près de 23 h 30. Je vérifie sur mon portable, comme si la voiture avait l'intention de me mentir sur l'heure exacte… et je sursaute en recevant un message. C'est Som.

Il est bref, se contentant de me demander si je viens toujours au bar ce soir. Est-il aussi impatient que moi de le voir ou est-ce qu'il prévoit juste de trouver quelqu'un d'autre si je ne viens pas ? Je ne lui réponds pas, je verrai bien son attitude en arrivant.

Cependant, le trouver dans un bar noir de monde, ce n'est pas évident. OK, il est grand et se repère facilement, mais moi, je suis petite et les montagnards prennent beaucoup d'espace. Nous nous frayons difficilement un passage vers le bar. Il semble y avoir une seconde salle plus loin, avec de la musique très forte.

Puis je le vois et ma respiration se coupe. Il discute avec un homme brun aux cheveux longs et aux vêtements colorés. Les yeux de Som se baladent dans la foule. Est-ce vraiment moi qu'il cherche ? J'arrive à la conclusion que c'est le cas, parce que son regard finit par s'arrêter sur moi et ses yeux se fixent alors dans les miens. Il me sourit et fait signe à son ami de le suivre, commençant à avancer dans notre direction. Ma sœur me parle, je crois qu'elle me dit que Som est là, mais le brouhaha est si fort que je ne comprends pas ses mots.

Nous arrivons vers le bar quand Som nous rejoint. J'ai soudain un doute. Nous ne sommes pas en couple, mais nous nous connaissons un peu plus intimement que des amis ou qu'un guide et sa cliente... Comment sommes-nous censés nous saluer ? Surtout que lui connaît tout le monde ici, j'imagine qu'il ne veut pas que des rumeurs se mettent à circuler... ou alors il fait ça tout le temps et personne ne s'en rendra compte ?

Je le laisse donc prendre les devants. Il fait la bise à ma sœur et m'embrasse sur la joue. Juste un baiser, mais il se place à côté de moi et me présente son ami baba cool, Bertrand. Emily lui présente Roy et il interpelle un barman qu'il connaît pour que nous puissions commander rapidement.

Puis nous discutons quelques minutes tous ensemble de tout et de rien. Emily, qui se trémousse depuis notre arrivée, finit par décider qu'il faut absolument danser sur cette chanson et elle nous entraîne vers l'autre salle et la piste de danse. Heureusement, il y a des portemanteaux et nous posons nos blousons (et un ou deux pulls pour les plus frileuses) avant de nous aventurer plus loin dans le bar où il fait une chaleur agréable.

Une fois sur la piste, nous sommes un peu séparés. Som et Bertrand saluent de nombreuses personnes et nous les perdons un instant de vue. Je danse donc avec ma sœur, qui a avalé son verre cul sec pour ne pas avoir à se balader avec. Ça promet ! Roy et moi bougeons tranquillement au bord de la piste avec nos verres à la main. Som apparaît et nous imite. Il est tout près et je dois me retenir de ne pas lui sauter dessus, des souvenirs de notre nuit torride refaisant surface alors que je maîtrisais à peu près leur venue ces deux derniers jours. Toutefois, sa présence vient gâcher tout mon self-contrôle et je me rapproche de lui sans en avoir l'air… Le bougre n'est pas dupe et ses doigts viennent effleurer les miens sans que personne ne puisse s'en apercevoir. A-t-il peur de se montrer avec moi ? Honte ?

D'un coup, le volume de la musique baisse et le décompte commence.

Tout le monde crie « Bonne année ! » et les embrassades et autres accolades commencent. Emily et Roy s'embrassent. Je glisse un regard vers Som. Il me sourit et prend de nouveau mes doigts entre les siens. Il m'attire jusqu'à lui pour me prendre dans ses bras. Il me murmure quelque chose à l'oreille, mais je ne l'entends pas, il y a bien trop de bruit. Je me recule donc pour le regarder en fronçant les sourcils pour lui montrer mon incompréhension. Ses yeux se fixent sur ma bouche qui fait la moue et ses lèvres se posent sur les miennes. Ça, je comprends vite et je lui rends son baiser. Je ne me pose plus la question de savoir qui d'autre est là et si Som veut ou non que nous soyons vus ensemble. Nous nous embrassons comme si nous étions seuls au monde et c'est exquis. C'est ici le paradis. Sur ses lèvres.

Lorsque nous nous séparons, je réalise que ce sera mon premier souvenir de cette année à venir… Ça va être difficile à égaler ! Je regarde tout autour de moi. L'agitation est telle que je doute que quiconque ait vu qui embrassait qui. La pénombre ajoute également une touche d'intimité. En tout cas, je souhaite une bonne année à ma sœur et à Roy. Nous ne nous entendons pas, mais les formules d'usage sont échangées sur un rythme endiablé ! La musique a repris et j'ai l'impression qu'elle est encore plus forte. Nous recommençons à danser.

De nouveau, Som se tient tout près, mais sans vraiment me toucher. Lorsque Roy propose d'aller chercher à boire en mimant le geste, ma sœur saute littéralement de joie et Som propose de l'accompagner, utilisant un langage des signes basique. La musique est si forte qu'il est impossible de communiquer autrement. Nous dansons un bon moment avant de les voir revenir. Bertrand, le baba cool, est avec eux et c'est lui qui me tend mon verre en arrivant à ma hauteur alors que Som a été retenu par un groupe de personnes.

Bertrand se penche vers moi pour me parler. Je comprends quelques mots… « fille » ou « femme », peut-être ? Il me parle aussi de la station, je crois. Je lui fais un signe négatif lorsque nos regards se croisent. Je n'ai rien compris ! Il hausse les épaules. Ça ne devait pas être très important parce qu'il n'insiste pas et se met à danser de manière assez originale. Je le suis dans ses délires et nous rions. Ma sœur nous rejoint et, très vite, notre style de danse devient du grand n'importe quoi. Roy abandonne et va s'asseoir au fond du bar. Som finit par nous rejoindre et s'adonne à nos danses endiablées.

À bout de souffle, nous faisons des signes à Roy pour sortir. Je suis étonnée de voir qu'il est déjà quatre heures du matin et Bertrand nous dit au revoir alors que je remets mon troisième pull. Roy et Som se moquent de moi et ma sœur tient mon blouson.

Puis nous sortons dans le froid. Je pensais apprécier le froid après avoir eu si chaud, mais la différence de température est si dramatique et soudaine que mes poumons semblent geler instantanément. Encore une fois, personne ne me prend au sérieux quand je leur dis que cette sensation est inquiétante. Ils rient comme si je blaguais et continuent leur conversation à propos d'une piste rouge qui devrait être une piste noire, qui en était une puis qui a été déclassée, blablabla... et pendant ce temps, moi, je me gèle. Heureusement, le froid m'empêche de me demander ce qu'il va se passer après. C'est Roy qui me fait revenir à la réalité.

— Tu rentres avec nous, ou...

Il nous regarde tour à tour avec Som, mais sans vraiment oser le regarder lui. Som semble gêné aussi. Ils sont bizarres, ces mecs ! Ce n'est pas mon père, mais presque !

— Moi, ça me dit bien de rentrer avec toi, Som. Si tu es toujours partant pour une nuit torride ?

Je ne mâche pas mes mots, mais en même temps, nous savons tous que si nous rentrons ensemble, nous n'allons pas jouer aux cartes, si ?

— C'est ce qui était prévu alors oui...

Alors ça, ce n'est pas très clair. En attendant, nous souhaitons bonne nuit à Roy et à ma sœur et Som me fait un signe de tête vers sa voiture. Dès que les autres sont à une distance respectable, je l'arrête.

— « C'est ce qui était prévu alors oui » ? Quel enthousiasme ! Tu as le droit de changer d'avis si ça ne t'emballe pas, tu sais ! Si tu as prévu autre chose entre-temps ou que tu n'en as plus envie, je ne te mets pas le couteau sous la gorge non plus...

Il me regarde d'abord un peu confus. Puis il sourit. Il finit même par rire. Et moi, je reste un peu perplexe, attendant ses explications.

— Je crois que Roy a très bien compris ce que je voulais dire. C'est juste que certains d'entre nous ont un peu de retenue sur ces sujets, surtout devant des membres de la famille… Ne le prends pas contre toi !

Son regard s'assombrit et il se rapproche en prenant une grande inspiration.

— J'ai très envie de toi, Emma. Je n'ai pensé qu'à ça depuis deux jours. Toi, de nouveau dans mon lit ! Alors, ne crois surtout pas que je me force parce que c'était prévu. Si je m'écoutais, je te déshabillerais tout de suite et je m'enfoncerais en toi maintenant sur ce parking !

Je prends un instant pour imaginer la scène. Mon visage se contorsionne.

— Non, mais ça ne va pas ? Par ce froid ? Tu veux ma mort ? Et puis quoi encore ? Je te préviens, les délires sado-maso, c'est pas pour moi !

Il rit et me prend la main. Puis, d'un pas rapide, il me tire derrière lui. C'est vrai qu'il a l'air pressé.

— Tu n'as pas trop bu pour conduire ? lui demandé-je alors que nous nous installons dans sa voiture.

— Je n'ai pas bu d'alcool. Je bois rarement et surtout pas quand j'ai la voiture. Et toi, tu n'as pas trop bu ?

— Trop bu pour quoi ?

— Pour savoir ce que tu fais ? Tu veux vraiment de cette nuit ?

— Bien sûr !

— Il t'a dit quoi tout à l'heure, Bertrand ?

Je le regarde un instant, les sourcils froncés, cherchant dans mes souvenirs. Pourtant, c'est vrai, je n'ai pas tant bu que ça ! Puis ça me revient : qui est Bertrand et ce moment d'incompréhension que nous avons eu.

— Bertrand le baba cool ? Ah, oui, il m'a dit un truc quand on dansait, mais avec la musique, je n'ai rien compris. Pourquoi, tu crois que c'était important ? J'aurais dû lui redemander à la sortie, peut-être ?

— Je ne sais pas.

— Mince, j'avais zappé ! Il a l'air sympa en tout cas.

— Ouais. C'est vraiment un mec bien.

Il semble un instant plongé dans ses pensées. Puis il souffle et démarre.

CHAPITRE 20

Dans son entrée, nous retirons nos chaussures et manteaux. Lui s'arrête là et j'enlève encore quelques épaisseurs. Il se pose contre le mur, dans le couloir et m'observe. Lorsque je me retrouve comme lui, avec un seul pull, je le regarde.

— Quoi, le strip-tease est déjà terminé ? J'espérais en voir plus… surtout que j'ai monté le chauffage exprès !

Je rougis un peu. Quelle belle attention de sa part ! Alors je me trémousse et retire mon dernier pull et mon tee-shirt. Je remarque qu'il y a des clous sans tableau ou photo sur le mur à côté de lui. Y avait-il des cadres la dernière fois ? Je ne me souviens pas.

Il me fait signe de continuer et je me retrouve en sous-vêtements. Il me regarde intensément et je laisse mes mains glisser le long de mon corps, depuis la naissance de mes seins jusqu'à mes hanches. Je hausse les sourcils dans sa direction et il est sur moi en deux pas. Il me colle au mur et se penche pour m'embrasser alors que ses mains se baladent partout sur mon corps. J'ai du mal à respirer. Je ne comprends pas pourquoi tout est si intense avec lui et il semble être dans le même état second. Il retire mon soutien-gorge et arrache presque ma culotte. J'ouvre sa ceinture alors qu'il sort un préservatif de sa poche.

Il me porte et j'entoure mes jambes autour de ses hanches. Puis je descends sur lui et il grogne alors que je râle. Il ne me laisse aucun répit, mais je n'en ai pas besoin, je ressens une urgence indicible à cette fusion de nos corps.

Je ne sais pas si c'est cette excitation, le plaisir de me retrouver avec lui, la position ou son attitude, mais mon orgasme arrive rapidement. Il est fort et je me contracte autour de lui, hors de contrôle. Je m'accroche à ses épaules, ma tête retombant dans son cou alors qu'il jouit en moi. Ses bras viennent alors m'entourer pour bien me retenir. Nos respirations sont totalement erratiques et mon cœur semble vouloir s'extraire de ma poitrine. Je sais qu'il faut que je redescende parce qu'il me porte toujours, mais je ne suis pas certaine d'en être capable pour l'instant. Lui ne bouge plus. En même temps, je suis un poids plume à côté de lui. Et si mes jambes flageolent, les siennes ont l'air parfaitement stables. N'a-t-il pas eu des sensations semblables aux miennes ? Est-il fait de marbre ? En tout cas, pour l'instant, je me sens plus en sécurité alors qu'il me porte plutôt que sur mes propres jambes.

Il finit par me reposer en douceur. Il n'a qu'à reboutonner son pantalon alors que je suis totalement nue dans son entrée.

— Ça va ? Tu veux un verre d'eau ?

J'acquiesce et il part vers ce qui paraît être la cuisine. J'attrape mon tee-shirt et remets ma culotte, qui est en mauvais état, et le rejoins. Nous ne disons rien pendant un moment. Je suis encore un peu sous le choc de l'intensité ressentie lors de cette étreinte, mais il ne semble pas plus bouleversé que ça. Je me répète qu'il doit juste avoir l'habitude, qu'il ne faut pas que je me fasse des idées. Ses mots concernant Bertrand me reviennent aussi.

C'est un mec bien.

Est-ce que ce n'est pas son cas à lui ? Il avait l'air de s'en vouloir à ce moment-là. Se rend-il compte que je m'attache et qu'il profite de ma fragilité ?

— Je vais y aller… J'aurais bien besoin d'une douche, je crois ! Tu peux me ramener ou j'appelle un taxi ?

— Tu veux partir ? Tu ne veux pas que je te ramène demain ? Mon lit est si inconfortable ?

— Je ne sais pas, je ne veux pas non plus m'imposer. Nous avions parlé de nous voir… Je ne sais pas où ça s'arrête dans ta tête…

Ses yeux descendent le long de mon corps et il rit. Apparemment, ça ne se passe pas au niveau de la tête. Il se lève et me prend la main. Il me tire hors de la cuisine et dans les escaliers, puis dans sa chambre et jusqu'à la salle de bains où il me lâche pour se déshabiller. Je retire mes quelques vêtements et nous entrons sous la douche ensemble. Il me passe le savon et chacun se lave. Il faut dire que si nous commençons à nous laver l'un l'autre, ça risque de finir avec lui en moi. Et là, je ne suis pas certaine d'être en état de réitérer l'expérience immédiatement. Mais Som ne tente rien, il se lave et me sourit tranquillement.

Puis il me prend dans ses bras. Après toutes ces émotions, tant de douceur me donne soudain envie de pleurer. Je crois d'ailleurs que quelques larmes coulent de mes yeux, mais sous la douche, elles passent heureusement inaperçues. Il chuchote quelque chose, mais ses mots sont couverts par le bruit de l'eau et je ne lui demande pas de répéter. Il sort et me tend une serviette propre. Je tremble et il me frictionne, pensant certainement que mes frissons sont dus au froid. Mais dans quelle galère je me suis fourrée, là ?

Malgré tout, je rejoins le lit en courant et il me suit.

Cette fois-ci, nous n'essayons même pas de rester chacun de notre côté. Il me prend dans ses bras, dans sa chaleur et je me pelotonne contre lui. Il est très tard maintenant. Ou très tôt, suivant la façon dont on regarde les choses... Presque six heures du matin, m'informe le radio-réveil. Je ferme les yeux et sombre rapidement.

CHAPITRE 21

Je me réveille en sursaut.

Je n'ai pas dormi longtemps. Il est seulement 9 h. Pourtant, ce n'est plus le décalage horaire. Som dort encore et mes mouvements ne le réveillent pas alors je m'extrais du lit. Je passe sous son bras, qui se remet au même endroit. Som ne bouge pas.

Alors, je récupère mes vêtements éparpillés dans la salle de bains et l'entrée et je pars. Je pense un instant à appeler un taxi, mais l'air frais me fait bizarrement du bien. De toute façon, il faut que je réfléchisse et que je me rafraîchisse un peu les idées parce que ça ne tourne clairement pas rond dans ma tête ! Toutes ces questions, ces sensations, cette intensité avec Som, je n'en voulais plus. Pas que ma relation avec Nico ait quoi que ce soit à voir avec ce que je ressens maintenant, non. Je ne connais pas Som et je sens bien qu'il se passe bien plus que ce qu'il me dit. Derrière ses sourires en coin et ses taquineries, je vois bien qu'il ne me dit pas tout. En même temps, je ne veux pas savoir et j'ai été très claire à plusieurs reprises, le stoppant net ou changeant de discussion chaque fois que les propos devenaient trop intimes ou sérieux. Est-ce que c'est moi qui fais l'autruche cette fois-ci ? Il faut dire que j'ai eu de bons professeurs… mais peut-être qu'il m'apprécie lui aussi plus qu'il ne le devrait ?

Ou peut-être qu'il n'est pas quelqu'un de bien ? C'est ce qu'il a laissé entendre. J'ai un peu du mal à le croire, cependant, je ne le connais pas et il est possible qu'il cache bien son jeu. Si ça se trouve, il m'a menti et ramène toutes les clientes qui lui plaisent chez lui ? Il aurait pu me le dire, ça n'aurait pas changé grand-chose. Quoi que je me serais moins attachée, j'aurais tout de suite pris du recul par rapport à lui et à cette situation. Mais quel intérêt pour lui ?

110

En fait, je n'en sais rien. Et non, je ne veux surtout pas savoir, merci ! Je repense tout de même aux clous vides dans l'entrée, sans cadre. Vient-il d'emménager ? Et aussi, les portes des autres pièces sont toujours fermées, je n'ai jamais vu que l'entrée, la cuisine et sa chambre. Tout est si flou ! Si ça se trouve, ça n'est même pas chez lui.

Toujours dans mes pensées sans queue ni tête, je m'arrête à la boulangerie et achète tout un tas de viennoiseries.

Puis, après environ quarante minutes de marche, je me retrouve sur le chemin qui mène au chalet de la famille de Roy. C'est à ce moment-là que mon téléphone sonne. J'hésite à décrocher lorsque je vois le nom de Som.

— Emma ? Tu es où ?

— Je suis presque arrivée chez ma sœur.

— Chez ta sœur ? Mais comment ?

— J'ai marché.

— Pourquoi tu ne m'as pas demandé de te ramener ? Je ne savais pas que tu devais partir tôt, tu aurais dû m'en parler. Ou est-ce que quelque chose t'a fait fuir ?

— Je me suis réveillée et je me suis dit que j'allais te laisser dormir. Tu reviens de ton expédition et je ne sais pas quand tu travailles de nouveau. J'aurais pu prendre un taxi, mais marcher m'a fait du bien. Je te laisse, je viens d'arriver.

— OK, alors à plus.

Et je raccroche. Je regarde un instant mon téléphone, me demandant si c'était la dernière fois que j'entendais sa voix. Mais je ne souhaite pas trop y réfléchir, alors je reprends mon chemin.

Je souffle un bon coup avant de rentrer. Tout est calme. Je pose les viennoiseries sur la table de la cuisine puis me dirige vers le salon où j'entends de petits bruits. Mes nièces me sautent dans les bras en m'apercevant alors que mes parents leur demandent d'y aller doucement pour ne pas réveiller ma sœur et Roy.

Au premier regard, je ne remarque rien d'étrange... mais oui, ce sont bel et bien mes deux parents qui sont là ! Je suis si étonnée que je ne sais même pas quoi dire, alors j'embrasse mes nièces et leur souhaite une bonne année. Elles me récitent ce qu'on leur a appris à dire pour l'occasion... puis ma pipelette de Fiona continue dans sa lancée.

— Tu as vu Emma, Mamie est revenue ! L'autre mamie, elle est partie. Papi, il a dit qu'elle est partie cette nuit. Elle nous a même pas dit au revoir, mais c'est pas grave, hein, puisqu'on a notre vraie mamie maintenant, tu crois pas ?

— Ça, c'est sûr, ma puce ! Moi, je suis bien contente en tout cas !

— Ah, ben moi aussi ! Et Papi aussi. Et puis Mamie. Je voulais aller le dire à Maman et Papa, mais Papi m'a dit d'attendre qu'ils se réveillent.

— Papi t'a dit d'attendre ?

— Oui. Et tu sais, ajoute-t-elle en s'approchant de moi et en chuchotant avec peu de discrétion, Papi et Mamie, ils sont a-mou-reux ! Ils arrêtent pas de se faire des bisous comme Maman et Papa. Et toi, tu as fait des bisous à ton amoureux ? Le beau monsieur ?

— Euh... ben oui ! Ce n'est pas vraiment mon amoureux, tu sais, c'est...

— Ah bon, on fait des bisous quand même quand c'est pas notre amoureux ? Maman, elle fait des bisous qu'à Papa pourtant !

— J'espère bien ! C'est juste que, moi, je n'ai pas d'amoureux alors je peux, tu vois ?

— Moi, mon amoureux à l'école, il s'appelle Gaëtan.

Puis, ses yeux se posent sur le jeu auquel elle jouait plus tôt et, sans transition, elle part se rasseoir près de sa sœur et me laisse plantée là. J'embrasse alors ma mère en lui récitant mes vœux. Puis j'embrasse mon père en faisant de même. Avant de me séparer de lui, je lui chuchote un « Bravo Papa » et je les informe des viennoiseries dans la cuisine. Je ne suis même pas sortie de la pièce que mes parents recommencent à chuchoter secrètement alors que mes nièces jouent.

Une fois dans le couloir, je me laisse lentement glisser le long du mur. Ma mère n'était pas partie trop loin, elle avait prévu de passer le Nouvel An chez des amis dans la Drôme, mais elle est quand même revenue drôlement vite !

Alors ça y est, après toutes ces années, ils sont de nouveau ensemble, sans plus de questionnements ? Mon père a donc pris les devants et a dit ce qu'il voulait et ressentait ? J'ai encore du mal à y croire. Dois-je en faire de même ?

Je sais bien que c'est impossible, évidemment. C'est différent pour Som et moi. Mes parents se sont séparés un peu par hasard, sans vraiment le vouloir et ils avaient tous deux envie de se remettre ensemble depuis belle lurette, sans oser se l'avouer. J'ai peut-être joué mon rôle ou peut-être qu'ils l'auraient fait de toute façon. En tout cas, ils voulaient tous les deux cette relation.

Moi, je ne suis sûre de rien. Je ne suis pas très douée pour les relations et je connais à peine Som. Quant à lui, je ne suis même pas certaine qu'il soit intéressé, alors… et puis ce serait très compliqué. J'ai beau tourner le problème dans tous les sens, il n'y a aucune issue…

Je ne vais pas tout plaquer en Martinique et venir habiter dans le grand froid pour un homme avec qui j'ai passé deux nuits, quand même ? Torrides, les nuits, certes, mais ce n'est pas un argument suffisant ! Puis tout plaquer du jour au lendemain, j'ai déjà donné. J'ai déjà tenté ce diable-là. Ça m'a réussi, mais je sais aussi à quel point c'est dur et je ne peux pas faire ça pour un homme que je connais à peine.

Je ne peux pas lui demander de quitter sa montagne non plus après deux nuits… surtout que je ne sais même pas s'il les a trouvées si torrides que ça, lui. Si ça se trouve, c'était une semaine normale dans la vie de Som, l'homme des cavernes. Et la semaine prochaine, on en prend une autre et on recommence… J'en ai mal au bide rien que d'y penser.

Reste la possibilité d'une relation longue distance. Mais pareil, après deux nuits… c'est inimaginable ! Ça n'aurait aucun sens. Donc, aucune issue. Je savais que ça ne valait même pas le coup de se pencher sur la question.

Nous ne nous connaissons même pas, après tout. Nous avons bien ri, mais c'est facile lorsqu'il n'y a aucune attente et pas de projet, rien en commun. J'ai aussi vu sa facette professionnelle lors des deux jours en montagne. Il paraît parfait, bien sûr. Il a même déjà charmé mes parents… mais heureusement, je ne suis pas assez naïve pour penser que j'ai trouvé l'homme idéal et qu'il est tout ce qu'il me faut. Que ma vie serait comblée avec lui. Comme s'il était l'homme de ma vie ! Pff, n'importe quoi ! Aucune chance, bien sûr ! Il n'y a pas de solution, il n'est pas *ma* solution, alors pourquoi me triturer la tête à propos d'un futur impossible et improbable ?

En revanche, là, maintenant, je pourrais être dans son lit, dans ses bras et je suis seule dans le couloir à ressasser des pensées que je me suis pourtant interdites. À quoi ça peut bien servir ?

Je sors donc mon téléphone. Je n'ai pas grand-chose à perdre après tout… Je lui envoie un SMS. *« Tu as déjà déjeuné ? »*

Je fixe mon téléphone quelques minutes : pas de réponse.

Je finis par me lever et me rendre dans la cuisine. Un bon café, c'est ce dont j'ai besoin !

Alors que la douce odeur de ma boisson chaude flotte dans l'air, je m'assieds devant les viennoiseries. Mon téléphone vibre. *« Pas encore. Tu proposes quoi ? »* Un deuxième message suit. *« Toi ? »*

Je lui réponds alors : « *Pas sûr que je sois digeste, mais j'ai des viennoiseries. Tu préfères pain au chocolat, aux raisins ou croissant ?* »

J'attends peu de temps pour sa réponse. « *Je peux choisir en fonction de l'endroit de ton corps sur lequel je mange ? Tu arrives dans combien de temps ? Je fais le café !* »

Je souris, tout excitée, comme une ado à son premier rendez-vous ! C'est n'importe quoi ! Je mixe les sacs de viennoiseries et en prends un. Je préviens mes parents que je repars, ce qui ne semble aucunement les perturber, et je monte dans ma voiture de location. « *Je suis en route* », j'envoie alors à Som.

Je fais vraiment n'importe quoi. Ce mec me fait devenir une vraie girouette et j'ai l'impression que je ne contrôle plus rien. Un mot doux et j'accours !

Je me gare devant chez lui et il a dû entendre la voiture parce qu'il m'ouvre dès que j'arrive sur le perron. Il me sourit et me fait signe d'entrer. Il n'a pas menti, une douce odeur de café flotte ici aussi. Je le suis dans la cuisine et pose les sucreries sur la table alors qu'il met un bol devant moi. Nous nous asseyons l'un en face de l'autre. Il prend un pain aux raisins et commence à le dérouler. Je le regarde faire. Ses mains robustes, ses mâchoires carrées, sa bouche douce, caressante… Waouh, il faut que je me calme, moi ! Je prends un pain au chocolat et commence à le manger.

— Alors je pense que je mettrai des pains aux raisins sur chacun de tes seins.

— Ah ?

— Oui. Un pain au chocolat sur son ventre.

— Je vois, je réponds en déglutissant difficilement.

— Et bien sûr, un croissant sur chaque fesse.

— Bien sûr.

— Mais je garderai le meilleur pour la fin…

115

— Ah bon ? Parce que c'est tout ce qu'il y a...

— Oh non ! Le dessert, il est juste un peu plus bas, plus intime. Plus sensible aussi. Et je passerai volontiers au dessert dès que toi, tu es prête...

Je le regarde. J'ai des images assez claires de tout ça. Et la dernière me plaît particulièrement. Je me mords les lèvres et je vois ses mâchoires se serrer. Je prends une gorgée de café et le laisse en faire autant. Je repose mon bol doucement.

— Tu sais... commencé-je calmement en lui souriant, il va d'abord falloir m'attraper !

Et je pars en courant.

Je triche parce que je suis plus proche de la porte. En plus, il doit prendre le temps de comprendre ce qu'il se passe, poser son bol et me suivre. En même temps, la taille de ses jambes lui donne un avantage certain, il faut donc bien que je mette toutes les chances de mon côté. J'enlève mon haut avant d'atteindre les escaliers, que je grimpe rapidement. Il me rattrape presque alors que j'arrive dans sa chambre, mais je claque la porte et me débarrasse vite de mon pantalon. Je me glisse sous la couette juste au moment où il pénètre dans la pièce. Mon cœur bat à tout rompre et je suis déjà très excitée. Son odeur, dans le lit, n'aide en rien à me calmer. Je l'espionne et le vois se mettre entièrement nu. Puis il se met au bout du lit et passe ses mains sous la couette pour saisir mes chevilles. Je ne le vois plus, mais je sens ses mains sur moi. Il écarte mes jambes et les caresse. Puis je sens sa bouche sur mon mollet puis ma cuisse. J'inspire profondément.

Il remonte mes jambes en pliant mes genoux, puis sa bouche vient à la rencontre de mon intimité. Comme promis, il me déguste. Il prend son temps et j'essaie de le presser, mais une de ses mains me maintient en position. Les doigts de l'autre main entament un va-etvient entre mes jambes. Lent. Il me fait languir et la torture est exquise !

Puis il accélère tous ses mouvements et sa main sur ma taille vient saisir mon sein. J'explose sur ses doigts. Je ne sais même pas ce que je lui dis à ce moment-là, je ne suis plus vraiment consciente de quoi que ce soit d'autre que de cette sensation incroyable.

Puis, comme la première fois, une fois protégé, il s'enfonce en moi lorsqu'il sait que je suis prête. Il est très tendre. Il me regarde et me sourit. Il prend le temps de me demander où j'en suis, si je suis bien. Après tous mes questionnements, l'orgasme intense qu'il vient de me donner et tout ce que cet homme m'inspire, je me sens fragile. Cette étreinte me rappelle notre première fois ensemble et je me demande si celle-ci sera la dernière. Comment est-ce que je vais me passer de lui ? Ce n'est pas dans mes habitudes, toutes ces émotions, et je ne sais pas trop comment réagir. Je ne sais pas si je ne vais pas me mettre à pleurer d'un instant à l'autre et je crois qu'il lit sur mon visage que quelque chose ne va pas. Est-ce que c'est pour cela qu'il est si doux et attentif ? Il me redemande si tout va bien et finit par s'arrêter de bouger. Toujours en moi, mais immobile.

— Tu es sûre que tout va bien ? Je te fais mal ?

— Non, vraiment, ça va.

— On peut arrêter, il n'y a aucune obligation, tu sais ? Tu es fatiguée ?

Je me redresse pour le faire basculer. Je ne veux surtout pas arrêter. Une fois au-dessus de lui, je ferme les yeux et me concentre sur mes sensations. Je reprends le contrôle de moi-même tout en lâchant prise et en lui offrant tout de moi. C'est épuisant et euphorisant à la fois. Lorsque je le sens se tendre sous moi, j'accélère encore jusqu'à ce qu'il atteigne l'orgasme. Je contracte fortement mon vagin pour bien le ressentir, ce qui déclenche mon orgasme.

Je m'étale alors sur lui et il rabat la couette sur mon dos avant de me serrer tendrement dans ses bras.

— Ce n'est pas normal tout ça, si ? me demande-t-il en caressant mes cheveux.

— Qu'est-ce qui n'est pas normal ? Moi, mes bizarreries ?

— Non. Je veux dire que ce soit comme ça entre nous. Pour une relation de vacances, de passage, c'est un peu beaucoup, non ? Un peu intense…

Je me détache de lui et roule sur le côté pour le regarder.

— Tu veux dire que tu ne fais pas ça tout le temps ?

— Non. Non, bien sûr que non. Je te l'ai dit. Je n'ai pas menti. Je n'ai pas du tout l'habitude de tout ça. Toi, tu fais ça souvent ?

— Ça m'est arrivé. Plus tellement ces derniers temps. Je m'étais lassée.

— Oh. Donc, tu as déjà fait ça plein de fois…

— Non. Enfin, comme je te l'ai dit, quelques fois. Et parfois, le sexe est intense, mais… mais pas comme ça, tu as raison. Mais ça ne change rien au fait que mes vacances seront bientôt terminées.

— Je sais…

Nous ne disons plus rien pendant un long moment après ça. J'ai très envie de sourire parce que maintenant, je sais que lui aussi ressent cette connexion particulière, cette possibilité. Néanmoins, je sais aussi qu'il en est arrivé à la même conclusion que moi : cette histoire est bientôt terminée et il n'y a rien que nous puissions y faire. Et du coup, je n'ai plus aucune envie de sourire. Pourtant, ma conclusion d'hier, dans mon bain, me revient en tête et je retrouve l'espoir. Peut-être que si je partage cette information avec lui, mon départ sera plus facile ? Je me lance donc, incertaine de la formulation à adopter pour lui faire voir les choses à ma façon.

— Écoute, je ne sais pas où tu en es dans ta vie sentimentale… et je ne veux pas savoir, mais… moi, ça me redonne espoir… Je me dis que tout n'est pas terminé pour moi, que je vais finir par trouver quelqu'un, tu vois ? Alors que je t'avoue qu'encore la semaine dernière, je me voyais plutôt finir vieille fille. Mais avec ce que nous venons de vivre, je suis un peu plus optimiste concernant ma vie amoureuse. Je vais peut-être réussir à rencontrer quelqu'un et construire quelque chose, finalement.

— Quelqu'un avec qui une relation est possible, tu veux dire ? Parce que c'est impossible pour nous ? dit-il avec amertume.

— Ouais, on va trouver ! Des personnes qui nous ressemblent, ça doit exister, non ?

— Si tu le dis… Tu sembles avoir plus d'expérience que moi, alors je veux bien te croire.

Il n'a pourtant pas du tout l'air convaincu. Il a même l'air carrément triste. Ça me démange de connaître son histoire, d'en apprendre plus sur lui. Nous avons beaucoup parlé le premier soir, mais rien de trop personnel et là, j'ai très envie de tout savoir. Mais créer plus d'intimité n'est clairement pas une bonne idée, ça n'a fait qu'envenimer les choses jusqu'à présent. Cette séparation promet déjà d'être difficile et douloureuse alors autant ne pas rajouter de l'huile sur le feu.

— Tu restes aujourd'hui ? Tout est fermé, mais on peut se faire une journée tranquille ici ? Si c'est la dernière, alors autant en profiter… Tu repars quand exactement ?

— Le 3. Après-demain, donc. Toi, tu travailles et je veux profiter de ma famille avant de repartir alors…

— Je comprends, tu es venue pour les voir, c'est normal.

— Mais j'ai encore un petit moment, j'ai dit à mes parents que je rentrais en fin d'après-midi.

— Ah, tes parents, ils sont ensemble ou pas ? Je n'y comprends rien.

Je lui raconte leur histoire étrange et ce que j'ai surpris ce matin. Nous finissons par papoter de tout cela et d'autres choses (toujours en évitant soigneusement les sujets trop personnels ou intimes) devant un nouveau café et nos viennoiseries. Puis nous somnolons un moment dans son lit, l'un contre l'autre, bavardant parfois et rêvassant le reste du temps. Plus l'heure de partir arrive et moins nous parlons, nous contentant de rester aussi proches que possible. En cuiller, je sens son sexe se réveiller contre mes fesses et nous faisons l'amour comme ça une dernière fois, doucement et tendrement, mais sans nous regarder. Je sens quelques larmes couler mais je me concentre sur son corps contre le mien, sa chaleur et son odeur. Nous prenons notre temps mais toutes les bonnes choses ont une fin alors nous finissons par nous séparer. Il part dans la salle de bains et je me rhabille rapidement. Lorsqu'il sort, il m'accompagne jusqu'à la porte. Je ne sais pas comment lui dire au revoir. En plus, je n'en ai aucune envie… Et puis me vient une idée. Je ne sais pas s'il sera d'accord et c'est mettre de l'huile sur le feu mais nous sommes en enfer après tout, c'est l'endroit idéal pour ce genre de pratique. Et s'il y a moyen de le revoir, je peux toujours lui proposer, non ? Au point où j'en suis, je n'ai vraiment plus rien à perdre... mon cœur est brisé et le départ sera atroce. En attendant la torture, je reprendrais bien un petit bout de paradis.

— Après-demain, je pars en début d'après-midi, lui indiqué-je alors.

— Ah… Tu pars de Lyon ?

Apparemment, il n'a pas compris là où je voulais en venir... ou il y fait exprès ? En tous cas, je commence à me faire au parlé savoyard et aux y de partout... J'insiste, pour qu'il décode mon message.

— Oui. Je vais déjeuner avec ma famille, faire mes bagages puis partir, mais… si je suis revenue à temps pour le petit déjeuner, alors je ne loupe rien avec eux et je pourrai dormir dans l'avion…

Il sourit soudain. Je crois qu'il vient de capter l'idée et elle a l'air de lui plaire !

— J'ai des cours de ski demain toute la journée, mais le soir et la nuit, je suis libre. Après, j'ai quelques jours de congés alors…

— Alors je peux venir quand tout le monde est couché demain soir…

— Oui, d'accord. C'est parfait ! Je t'attendrai.

Il me prend dans ses bras et me berce un moment contre lui. Je soupire d'aise ; nous sommes tous les deux rassurés de ne pas avoir à nous dire adieu maintenant, c'est certain. Mais en même temps, ça ne fait que retarder l'échéance d'un au revoir douloureux.

— Tu sais, je ne suis pas sûre que ce soit une bonne idée de passer plus de temps ensemble… ajouté-je alors, en me détachant de lui.

— Si ! Bien sûr que si ! Il faut prendre tous les bons moments. Sinon, nous le regretterons.

— OK, si tu le dis… alors à demain ?

— À demain !

Je suis incertaine de cette décision, mais je n'arrive pas à m'imaginer être là encore près de lui et ne pas le revoir. Et lui a l'air vraiment content de cette proposition.

Je grimpe dans ma voiture de location et rentre au chalet. Je prends une douche rapide avant de rejoindre tout le monde pour le dîner. Personne ne fait de commentaire sur la présence de ma mère ni sur mon arrivée tardive. En fait, l'ambiance est plutôt festive. Nous fêtons la nouvelle année tous ensemble et je me prends à imaginer que Som est avec moi, que nous sommes vraiment tous réunis. Entiers, complets. Alors que je suis encore la seule célibataire. Je me berce d'illusions. Mais même en enfer, j'ai quand même le droit de rêver, non ?

CHAPITRE 22

Cette nuit-là, je dors comme un loir ! Je me réveille pleine de courbatures et je ne suis pas sûre de si elles proviennent de la danse du 31 ou du sexe avec Som. En tout cas, à un moment ou à un autre, j'ai utilisé des muscles différents de ceux que je mobilise pour le surf. Ou alors je me ramollis déjà… Il me semble que ça fait une éternité que je ne me suis pas baignée dans la mer, que je n'ai pas vraiment senti la chaleur du soleil sur ma peau nue. Ici, le soleil brille, mais il y a toujours le froid malgré tout, c'est si différent. Je vois un peu mieux maintenant que certaines personnes peuvent apprécier tout ça quand même. Après tout, ceux qui choisissent les sports d'hiver plutôt que les sports aquatiques ne peuvent pas tous être fous, si ? Quoique…

Je souris. J'ai hâte de me retrouver sur ma planche, dans l'eau. Nous arrivons dans la belle saison en plus, moins de pluie et d'humidité, j'adore !

J'appelle Jörvi et je déchante rapidement. Sa voix, alors qu'il prononce simplement « Allô », m'informe immédiatement de son état psychologique.

— Jörvi, ça ne va pas ?

— Non. Je ne voulais pas t'appeler pour ne pas te gâcher la fin de tes vacances. Par texto, c'était plus simple de te souhaiter une bonne année sans t'inquiéter. On pourra se parler quand tu seras là, ça vaut mieux…

— Jörvi, je suis ton amie, peu importe la distance. Tu peux toujours m'appeler quand ça ne va pas ! Dis-moi !

— C'est Paul…

— Évidemment que c'est Paul. Que s'est-il passé ?

— Il n'est pas venu à la fête. Il n'a pas pu. Sa mère lui a demandé de rester pour l'aider et il n'a pas pu se libérer… Il ne sautera jamais le pas, Emma, nous ne pourrons jamais être ensemble. J'en ai marre d'attendre, je ne veux pas le forcer à choisir de toute façon. C'est trop dur pour lui et je ne sais pas s'il sera prêt un jour. Alors, je suis désolé, poupée, mais il faut que je reparte. Je sais que tu comptes sur moi pour la boutique, pour pouvoir rentrer en France. Tu peux continuer à compter sur Paul, il sera là pour la seconde boutique, mais moi, je dois rentrer. Je n'ai pas vu ma famille pendant les fêtes, espérant trop de Paul…

— Jörvi, je suis désolée. Je comprends. Si le fait d'avoir très envie d'être ensemble suffisait, alors tout serait plus simple, je le sais bien. Tu as pris ton billet ? Je te verrai à mon retour et avant ton départ, n'est-ce pas ?

— J'attends ton retour pour prendre mon billet, je ne vais pas juste te laisser en plan. Nous en parlerons lorsque tu seras là et trouverons une date qui te convient aussi.

— OK, mais fais ce qui est bon pour toi, ne t'inquiète pas, je vais gérer. Attends mon retour, quand même, je n'ai pas envie d'enchaîner le froid français avec le froid islandais pour te prendre dans mes bras !

— Comment ça se passe pour toi avec ton beau montagnard ?

— Oh, tu sais, comme toi ! C'est juste une histoire de circonstances, le *swell* est là… mais c'est le *wipeout* assuré !

— Ouais, je compatis…

— Ne perds pas tout espoir, Jörvi, donne-lui une dernière chance avant de partir.

— Non, je ne veux plus le voir, ça me fait trop mal, il vaut mieux ne pas insister.

— Som m'a dit ce matin qu'il faut prendre tous les bons moments. Que sinon, nous le regretterons et j'imagine qu'il sait de quoi il parle, qu'il a déjà vécu ça, alors même si tu dois repartir, tant que tu es près de lui, profites-en !

— Ouais, tu as raison. J'ignorais ses appels, mais c'est tellement dur… Je vais lui téléphoner. J'ai très envie d'entendre sa voix.

— Ouais, fais ça ! Tu sais que j'ai appelé Nico l'autre jour ?

— Quoi ? Mais tu es une sacrée cachottière ! Tu parles de Nico… *Le* Nico ? Celui du mariage ?

— Eh ouais ! Je sentais qu'il fallait que je m'excuse. Bizarre après tout ce temps, mais voilà. Et il m'a dit que justement, il allait se fiancer. D'ailleurs, ça y est, il doit être de nouveau fiancé, il devait faire sa demande à minuit, le 1er.

— Quel romantisme ! C'est trop mimi… Tu es sûre que tu ne regrettes pas de l'avoir lâché ?

— Beurk ! C'est ton truc à toi, ça, laisse-moi aller vomir…

Nous nous disputons un moment pour bien trouver la limite entre le romantisme et le *too much*. Entre le bon goût et le *cheesy*. Entre ce qui nous fait sourire, voire avoir une petite larme, et ce qui nous arrache une moue, voire qui nous dégoûte totalement.

Évidemment, nous ne sommes pas d'accord, sinon ça ne serait pas une – gentille – dispute et ça ne serait pas drôle. Nous finissons d'ailleurs morts de rire et nous raccrochons de bonne humeur tous les deux.

Il va me manquer s'il part. Avec Paul, ils sont comme ma famille en Martinique. Sans Jörvi, je risque de me retrouver bien seule. Paul est toujours très occupé avec sa famille. Il habite avec ses parents et ses frères et sœurs. J'habite à deux pas de chez Jörvi, sur la plage près de la boutique. Nous avons chacun notre petite maison et notre jardin, mais nous sommes toujours ensemble. Nous avons même fini par nous faire une petite terrasse commune entre les deux maisons, détruisant la barrière au passage. Sans lui, finies les soirées à papoter dehors jusqu'à point d'heure, je vais être seule. Mais je ne peux pas le forcer à rester pour moi, ce serait bien égoïste de ma part ! Mon ami va me manquer. C'est si agréable d'avoir un véritable ami. Il n'y a aucune attente entre nous, pas d'ambiguïté. C'est un beau mec, mais son orientation sexuelle a toujours été claire et il est tout de suite devenu comme un frère. Oui, il me manquera. Et ce sera une raison de plus pour trouver une solution entre mon hobby et ma famille, un équilibre qui me convient.

Je souffle. Décidément, ces vacances ont le don de me mettre dans tous mes états. Nous avions toujours été proches avec ma sœur, mais les liens se sont renforcés avec elle ces deux dernières semaines. Som a créé une tornade à l'intérieur de moi. Et maintenant, Jörvi qui va me quitter. La discussion avec Nico. Mes parents de nouveau ensemble… Et demain ? Que va-t-il encore se passer ? Est-ce que tout ça va se calmer un peu lorsque j'aurai retrouvé ma vie chez moi ? Je ne me suis jamais sentie aussi fragile de ma vie, même lorsque j'ai quitté Nico sur un coup de tête et suis partie seule en Martinique, et j'ai peur du résultat !

CHAPITRE 23

La dernière journée, je la passe avec ma famille. Je suis là avec eux tout simplement, mais je ressens beaucoup plus aujourd'hui. Je me sens présente. Parfois, on est là sans vraiment l'être, on entend sans écouter, on regarde sans vraiment voir. Mais aujourd'hui, je suis totalement connectée. J'expérimente une sorte de pleine conscience. Je prends d'eux et de nos échanges tout ce que je peux prendre. Pour ne pas regretter, peut-être. Je suis déjà très spontanée, mais là, je leur dis vraiment ce qui se passe en moi. Si j'ai envie de leur dire « tu es une chouette personne, je t'aime de tout mon cœur », alors ça sort de ma bouche.

Nous passons une bonne journée. Il neige et, au chaud dans le chalet près de la cheminée, le spectacle est incroyable par la fenêtre. Mes nièces sont excitées comme des puces, elles sautent partout alors nous allons tout de même faire un tour dehors. Le froid me transit lorsque je sors. Je ferme les yeux et me rappelle ma plage, celle où je serai bientôt. Le ciel bleu, le soleil chaud sur ma peau. Le bruit des vagues, l'iode dans l'air. Et je reviens à mes nièces.

Nous jouons et courons dans la neige. C'est épuisant de courir dans la neige, presque autant que dans l'eau ! Toute la famille s'y met. Mes parents tombent l'un avec l'autre, on dirait des adolescents, ils sont marrants et je le leur dis. J'ai vite chaud sous mes multiples couches de vêtements, même en me roulant dans la neige avec Fiona. Le contraste entre la chaleur de mon corps bien emmitouflé et le froid de la neige sur ma peau est frappant. Je retire mon gant pour attraper quelques flocons dans ma main. Avec Fabia, plus observatrice que Fiona qui préfère foncer, nous les regardons fondre sur ma peau et devenir de l'eau.

Faire de la luge lorsqu'il neige n'est vraiment pas très agréable, la neige me fouette le visage et le froid est intense alors j'abandonne vite.

Je regarde l'état de ma voiture et retire la neige qui s'est accumulée dessus. J'ai de bons pneus neige selon la société de location de voitures, mais est-ce que s'il continue de neiger comme ça, je pourrai descendre de cet enfer pour aller prendre mon avion ? Enfin, enfer... je commence à revoir mon jugement. Est-ce que je pourrai aller voir Som ce soir ? Vaut-il mieux annuler ?

Je vais jusqu'à la route et je vois qu'elle est bien dégagée. Le chasse-neige passe justement à ce moment-là, faisant un raffut terrible. Je regarde la ribambelle de voitures qui le suivent au ralenti. J'ai intérêt à partir tôt pour être sûre d'être à l'heure à l'aéroport, demain. C'est bizarre, je n'ai pas l'habitude de stresser avant un départ.

Avant de regagner l'intérieur du chalet, je fais le contraire qu'en sortant : j'observe tout ce qu'il y a ici. Le blanc de la neige, le froid. Le bruit de mes pas sur le sol. Tout paraît si calme et immobile. Les sonorités sont complètement différentes dans cet environnement glacé. La luminosité, avec tout ce blanc, est vraiment particulière. Je me remplis de tout ça pour les jours de grande chaleur. Lorsque je serai dans un endroit trop bruyant, je veux me souvenir de ce calme. Quand je ressentirai le mal de mer sur un bateau ou sur ma planche à attendre la bonne vague, je me souviendrai de cette immobilité.

Pour ma dernière soirée, Roy propose un restaurant. Il a déjà prévenu la cuisinière et lui n'a pas peur de la neige apparemment. Nous sortons donc et embarquons dans deux voitures. Mon père nous emmène, avec Maman. Sa voiture manœuvre facilement. Sur la route, nous allons très doucement, mais arrivons à bon port. Et nous réussissons même à nous garer non loin du restaurant ! Une chance ! Peu de trajet dans le froid, c'est parfait.

Nous prenons place à table. L'odeur dans le restaurant est appétissante. Je crois que je vais prendre quelque chose avec beaucoup de fromage parce que c'est ma dernière chance de me faire plaisir avec une bonne tartiflette ou une fondue bien grasse !

— Oh, regarde, Tata Emma, c'est la mamie de Mia !

La vieille dame que nous avons rencontrée à piscine se retourne et nous reconnaît. Elle se dirigeait vers les toilettes et vient nous saluer.

— Mia, elle est pas là ? demande Fiona, déçue.

— Non, elle est partie quelques jours avec sa maman. Mais elles reviennent demain, alors peut-être que tu la croiseras à la piscine ? Elle y va souvent avec son papa !

— Ben, ma tata Emma, elle part demain alors je ne sais pas si j'irai encore à la piscine. Tata, elle, elle habite à la mer !

La vieille dame sourit et écoute un moment ma nièce sauter du coq à l'âne. Je lui présente les autres membres de ma famille et elle félicite les parents. Je la vois observer les jumelles l'une après l'autre. Puis elle repart et nous reprenons nos conversations, entrecoupées de tout ce dont se souvient Fiona sur sa copine Mia. Nous rions beaucoup, mais ce n'est pas le type de restaurant qui s'en soucie et nous passons un très bon moment. J'ai un petit pincement au cœur en quittant cet endroit, me souvenant que je repars demain loin de tout ça, loin de toutes ces personnes que j'aime profondément. Et en même temps, je suis rassurée : mes parents se sont retrouvés, ma sœur est heureuse avec Roy et les jumelles sont bien entourées. Je peux repartir sereine !

CHAPITRE 24

Les jumelles se sont endormies sur le court trajet du retour du restaurant et, une fois mises au lit, nous prenons une tasse de tisane entre adultes. Puis tout le monde va se coucher. Enfin, tout le monde, sauf moi. Je préviens ma sœur que je ressors et elle ne fait aucun commentaire, juste un petit sourire.

Je sors ma voiture de l'allée doucement et me rends jusqu'à chez Som à allure très réduite, mais sans encombre. Je sonne et la porte s'ouvre.

— Salut !

Il pose rapidement ses lèvres sur les miennes, prend son blouson et m'entraîne dehors, ma main dans la sienne. Puis il me fait monter dans sa voiture et démarre. Je ne demande pas où nous allons. J'avoue que je ne savais pas trop comment m'y prendre ce soir, la journée du Nouvel An était étrange. Les choses ont changé et j'espère que ce que nous avons gagné en intimité, nous ne l'avons pas perdu en spontanéité. En même temps, pourquoi m'en faire de ce que nous avons perdu ou gagné… nous allons droit dans le mur, c'est un fait. Il s'arrête sur un parking et regarde mes chaussures.

— Je suis content que tu sois revenue à la raison et que tu délaisses tes *moonboots* !

— Mais elles sont géniales, mes *moonboots*, qu'as-tu contre elles à la fin ? C'est juste qu'elles prennent une plombe à enlever et que quand je viens chez toi, en général, il faut faire vite pour ôter tous mes vêtements.

Nos yeux s'accrochent et s'emplissent de désir. Il fait chaud d'un coup, non ? Il me sourit et me demande de le suivre. Nous approchons d'un bâtiment duquel sort un rythme sourd et répétitif.

— À cette heure, à part une boîte de nuit, je ne voyais pas ce que nous pouvions faire... et je voulais te sembler un peu plus civilisé cette fois et pas juste te sauter dessus... *moonboots* ou pas !

— Ça va, je sais que tu es un homme des cavernes depuis le premier jour ! Pas besoin de sortir ton grand air de mec moderne.

— Alors je te ramène tout de suite ! Femme dans caverne avec homme fort !

Il se tape sur la poitrine et nous rions, mais il continue en direction de la boîte de nuit. Je suis contente de constater que nous n'avons rien perdu de la fraîcheur de notre relation après mes bizarreries et notre discussion dans son lit. Même si ça rend mon départ plus difficile encore. Savoir qu'il a ressenti cette connexion entre nous...

Non, il faut que je parvienne à arrêter ce petit vélo dans ma tête et que je profite de cette dernière soirée sans projection. Alors je le regarde, il me sourit et mes lèvres s'étirent aussi.

— Je te préviens, je connais beaucoup de monde ici. Ça ne te dérange pas ?

— Moi non, je ne connais personne alors...

Va-t-il redevenir distant comme lors du 31, du coup ? Dans le bar, quand il osait à peine m'effleurer la main ? Bon, il s'est rattrapé à minuit, mais quand même, il était étrange.

Nous rentrons dans la boîte de nuit et le videur le salue. Il me regarde un peu bizarrement, mais impossible de dire ce qu'il pense – c'est un peu son job de toute façon, cet air neutre et pas commode. Puis nous nous rendons au vestiaire... où je prends plusieurs minutes à me déshabiller. Som discute avec un autre videur alors que l'intendante du vestiaire continue de faire ses Sudokus en mâchant son chewing-gum, peu impressionnée par la quantité de vêtements que je retire. D'ailleurs, elle parvient à tout caser sur un seul cintre, ce qui relève de la magie. Avec ses cheveux en pétard et son allure, je suis confortée dans ma première impression : cette fille est une sorcière. Je lui souris donc aimablement, malgré la façon dont elle mate Som, et je m'enfuis au plus vite pour rejoindre la piste de danse.

Je commence à me déhancher seule, Som étant sans cesse stoppé par tout un tas de personnes à qui je n'ai aucune envie ou raison de dire bonjour. Ils me regardent tous avec intérêt malgré tout et je commence vraiment à croire que Som sort rarement avec des filles. Ou peut-être qu'il ne les emmène nulle part... En même temps, pourquoi m'aurait-il menti alors que nous ne nous sommes rien promis ?

Som finit par me rejoindre. C'est à ce moment-là que le DJ prévient toutes les personnes présentes qu'une célébrité locale est « in the house » et il dresse une petite présentation de Som, l'homme qui a atteint tous les plus hauts sommets, blablabla. Som joue le jeu, levant les bras en pointant les index vers sa personne et souriant à la ronde. Quel pitre ! Je vois des regards féminins s'attarder sur lui, mais il ne paraît pas les remarquer, il revient vers moi dès que la musique reprend à fond et nous dansons. Parfois nous nous rapprochons, puis nous éloignons, suivant les rythmes proposés. Nous nous arrêtons un moment pour nous désaltérer puis reprenons notre danse endiablée.

Chaque fois que nous nous collons l'un à l'autre, il est un peu plus difficile de s'éloigner. Je finis par le serrer fort et il embrasse mon cou, ses mains se déplaçant dans mon dos. Je sens son excitation à travers son pantalon et mon intimité, captivant déjà largement mon attention puisque Som est dans les parages, se met à irradier une chaleur extrême.

— Je crois qu'il faut que nous partions.

L'un de nous prononce ces paroles, je ne sais plus trop si c'est lui ou moi parce que nous sommes sur la même longueur d'onde.

J'ai tellement chaud que lorsque la sorcière me rend mes vêtements, je ne les remets pas tous. Som sourit et je sais ce qui lui traverse l'esprit : moins à enlever tout à l'heure ! Nous nous précipitons vers l'extérieur, le froid, sa voiture puis sa maison. Dans l'entrée, il m'embrasse, mais nous décidons d'un commun accord de passer sous la douche. Il faisait tellement chaud dans la boîte de nuit que nous sommes tout collants.

Une fois sous l'eau, nous nous embrassons de nouveau. Je le lave et il me lave. Nous prenons tout notre temps, en insistant sur certaines parties particulièrement tendues de nos anatomies si différentes et complémentaires... Je suis impatiente de le sentir en moi et je le lui dis.

— Je n'ai pas de préservatif ici.

Et sa main glisse sur mon sexe pour me donner du plaisir autrement. Mais je ne lui laisse pas le temps de terminer, je m'agenouille devant lui et le prends dans ma bouche. J'ai très envie de lui donner du plaisir ainsi et je l'entends grogner alors que son sexe vient toucher le fond de ma gorge. Je râle aussi et continue mes mouvements de bouche, ma main venant soutenir et caresser doucement ses bourses. Il s'appuie contre les parois de la douche et je suis fière de l'effet que je parviens à produire chez lui. Je l'amène jusqu'à l'orgasme et il crie mon nom.

Puis ses bras viennent me relever et il me serre tendrement contre lui. Je sens sa respiration redevenir plus calme. Il éteint l'eau et prend une serviette pour me sécher avant de s'essuyer lui-même.

Je rentre dans la chambre et hésite. Est-ce que je devrais me mettre dans le lit ? L'endroit me rappelle notre dernière étreinte ici et mes sentiments contradictoires. Toutes mes insécurités. Som arrive et tire sur ma serviette pour la faire tomber. Le froid me surprend et je cours sous la couette.

— Tu es si prévisible ! rit-il.

— Alors là, c'est bien la première fois qu'on me dit ça !

— Ben oui, il y a un début à tout… En parlant de première fois et de début, je…

— Je ne suis pas sûre de vouloir continuer cette conversation…

— Je veux juste un renseignement : pour une première fois en Martinique, tu me recommandes quelle période ?

Je le regarde en plissant les yeux.

— Il paraît qu'il faut que j'essaie le surf. Quelqu'un m'a parlé d'atteindre le sommet de la vague, qu'on peut s'envoyer en l'air là-haut…

Je souris en me souvenant de notre conversation un peu chaude le premier soir dans le restaurant italien de la vallée. Nous ne nous étions encore même pas embrassés mais la tension entre nous produisait déjà de l'électricité !

— C'est une figure pour les plus expérimentés seulement, tu sais… Il faut commencer par parvenir à tenir sur la planche.

Je m'assieds à califourchon sur lui. Je sens son sexe contre le mien qui réagit immédiatement, mais je reste concentrée. Je ramène la couette sur mes épaules, tends les bras et me penche en avant comme je le ferais sur ma planche de surf.

— C'est une histoire d'équilibre, de souplesse, il faut accompagner la vague, se laisser porter. Ce n'est pas pour les bourrins qui foncent au sommet tête baissée.

Il me chatouille et profite de son avantage pour me renverser et passer au-dessus de moi. Ses bras de chaque côté de mon corps, son sexe appuie maintenant franchement contre le mien. Il ondule de gauche à droite, imitant le bruit des vagues et je ris.

— Je peux aussi être souple et subtil…

— Souple peut-être, subtil, ça m'étonnerait !

— Hé, regarde !

Alors il continue sa démonstration, bougeant au-dessus de moi, son corps frôlant le mien, puis s'éloignant. Il se rapproche doucement et de façon extrêmement sexy. Je gémis un peu et son sourire s'élargit. Je mords ma lèvre et il vient m'embrasser.

— Alors ? Tu crois que tu pourrais m'apprendre ?

— Ça m'étonnerait qu'un homme des cavernes puisse maîtriser quelque chose d'aussi fin et précis...

Il se rejette alors sur le lit à côté de moi. Enfin, loin de moi, en fait. Trop loin de moi !

— Bon, alors nous ne pourrons pas atteindre le sommet de la vague ensemble... C'est dommage, je rêvais déjà de m'envoyer en l'air avec toi...

— Hé, reviens ! Je peux peut-être te montrer deux ou trois trucs quand même !

Je me remets à califourchon sur lui et il prend un préservatif avant de m'installer. Nous continuons une conversation qui, si elle est à peu près cohérente au début, a de moins en moins de sens au fur et à mesure où nos sens entrent tous en éveil au contact de l'autre. La discussion est de plus en plus hachée et décousue alors que je perds toute logique, m'abandonnant totalement à lui et à cette incroyable communion de nos êtres.

CHAPITRE 25

— Je crois que j'aime déjà le surf ! Tu m'as convaincu !

Je m'allonge à côté de lui et nous rions.

— Ce n'était pas très compliqué… Je crois que tu t'étais déjà fait ton idée sur le sujet.

— C'est sûr, approuve-t-il en m'embrassant sur le nez avant de s'absenter pour se débarrasser du préservatif.

Je regarde un moment le plafond. Il tarde un peu à revenir. Il pose son portable sur la table de nuit, fronce les sourcils en se recouchant, puis soupire. Je n'ose pas lui demander qui lui écrit si tard, ce ne sont pas mes oignons.

— J'étais sérieux, tu sais. J'aimerais bien venir te voir…

— Ce serait chouette et là, tout de suite, ça peut sembler être une bonne idée… Nous sommes proches physiquement, alors l'attirance est forte, mais peut-être qu'une fois que nous serons loin l'un de l'autre, nous pourrons reprendre nos vies… Ce serait plus simple, tu ne crois pas ?

— Plus simple, c'est sûr… surtout qu'il y a une chose que je ne t'ai pas encore dite et qui risque de…

— Lalalalalala !

Je me mets à hurler en me bouchant les oreilles en attendant qu'il se taise.

— Emma, arrête de faire l'imbécile, c'est sérieux !

— Je ne fais pas l'imbécile. Ne me dis pas, parce que si tu partages tes secrets, je devrai partager les miens et je n'en ai pas envie. Restons-en là pour l'instant.

— Donc, on fait quoi ? On s'appelle ?

— Ouais. On va laisser passer un peu de temps et on verra.

— Ça paraît le plus judicieux en effet. Si seulement c'était simple !

Il se relève sur son coude et me regarde. Je lui souris. Comme j'aimerais que ce soit simple aussi… mais voilà où nous en sommes. À la fin de cette histoire.

Voilà, The end. Et il n'y aura pas de suite. Pas de tome 2. Nous ne pouvons pas aller plus loin. Parce que plus loin, ça fait très loin. Plus de 7000 kilomètres d'ailleurs. Alors pour une histoire qui commence à peine, ça fait clairement trop loin. Mais au moins, ce livre-là aura été écrit et je crois que je serai contente d'y repenser, de le relire dans ma tête parfois. Et je n'aurai rien à regretter, j'en aurai profité autant que je le pouvais. Som avait raison et je suis contente d'avoir suivi son conseil.

Sa main libre vient jouer avec mes cheveux puis caresser mon corps.

— Tu aimerais sûrement l'été ici. Il fait chaud, la nature est verdoyante. Et on a la piscine à vagues pour le surf !

— N'importe quoi, ce truc.

— Moi, j'aime bien. En fait, je t'ai menti, j'avais déjà un peu d'expérience avant tes explications de tout à l'heure.

— Ah, c'est pour ça que tu t'en es si bien sorti alors…

— Je sais que tu n'aimes pas le froid, mais moi, j'adore l'eau, je suis sûr qu'on peut trouver un compromis… enfin, je crois. C'est compliqué parce que…

Il s'arrête de parler et de me toucher. Puis il me regarde et me sourit, d'un air désolé. Nous avons fait le tour, il n'y a pas grand-chose à dire de plus, pas de solution miracle. Alors il embraye sur un autre sujet sur lequel il sait que nous avons des opinions opposées et nous nous disputons gentiment en nous taquinant.

Nous faisons une dernière fois l'amour, tendrement, alors que les premières lueurs du jour traversent les volets. Je l'embrasse une dernière fois, lui demandant de ne pas me raccompagner. Il est donc toujours dans le lit alors que je ferme sa porte d'entrée une dernière fois. Je m'arrête un instant sur le perron, hésitante. Mais hésitant entre quoi et quoi exactement ? Il n'y a pas vraiment d'option, j'ai déjà exploré les possibilités. Ou plutôt cette impasse dans laquelle nous nous trouvons. Alors je me dirige vers la seule route praticable. Je fais demi-tour et rentre au chalet pour dire au revoir à ma famille. Il est temps de revenir sur le droit chemin, et la réalité de ce cauchemar.

CHAPITRE 26

Je prends une douche et prépare ma valise en silence en attendant que tout le monde se lève. Lorsque j'entends mes deux chipies discuter dans leur lit, je vais les voir et nous nous installons sur leur tapis pour papoter un moment de sujets importants comme la pâte à modeler et les robes de princesse. Ma sœur nous rejoint et nous fait la même coiffure à toutes les trois avant que nous descendions déjeuner. Roy et mes parents nous rejoignent et nous déjeunons tous ensemble. J'ai pu racheter des viennoiseries sur le chemin et j'ai du mal à les regarder sans penser à Som. L'ambiance est calme et posée, mais un peu triste. Je ne sais pas si je vois mes sentiments sur le visage des autres, mais j'ai l'impression qu'elle est partout, cette tristesse. Les au revoir sont difficiles et larmoyants et j'essaie de les écourter au maximum.

Contre toute attente, j'ai vraiment passé de bonnes vacances. J'étais évidemment heureuse de les revoir, mais j'avais anticipé ce voyage comme un petit enfer personnel et ça n'a pas du tout été le cas. Au contraire, j'ai aimé la neige plus que je ne le pensais mais surtout, j'ai renoué les liens avec ma famille et je me suis rendu compte de leur importance à mes yeux. Et je veux qu'ils soient plus présents dans ma vie. Je vais réfléchir et trouver une solution. Mais pour l'instant, je tente de sécher mes larmes et de partir avec un minimum de dignité.

Grâce à Rudy, le majordome, toujours aussi charmant, mes valises sont rapidement chargées dans le véhicule de location et je peux partir sans trop tarder.

Une fois dans la voiture, je parviens un peu mieux à me raisonner, je descends la rue et mes larmes se tarissent. En passant devant le restaurant où nous avons mangé hier soir avec ma famille, je tourne la tête, souhaitant graver ces endroits dans ma mémoire. Je plisse les yeux, comme pour voir à travers les flocons, qui sont un peu moins denses à présent. La vieille dame, la mamie de Mia, est juste là. C'est fou, elle passe son temps ici ou quoi ? Et puis je la vois, la jolie petite fille, c'est vrai que sa mamie nous a confié qu'elle revenait aujourd'hui. Je vois le grand sourire peint sur son visage alors qu'elle court en direction... de Som ! Je ne l'entends pas, mais je suis certaine de voir ses lèvres former le mot « Papa ». Quoi ? Malgré moi, je freine la voiture et j'ai l'impression de voir la scène au ralenti, comme dans un film. Je distingue aussi clairement une belle jeune femme avec eux. Grande et élancée, elle est à peine habillée pour ce mois de janvier. Enfin, beaucoup moins que moi, en tout cas. Elle rejoint Som et l'enfant. Et elle les prend tous les deux dans ses bras, posant ses lèvres sur celles de Som. Là où moi, j'avais ma bouche il y a quelques heures à peine !

Je relance la voiture à une allure normale. Enfin, normale sur la neige. Surtout que des larmes coulent de mes yeux, alors je n'y vois pas très clair. Tout me revient. Les paroles de la grand-mère à la piscine. Ce que Fiona nous a raconté de sa conversation avec Mia. Deux enfants du pays apparemment amoureux depuis les bancs de l'école primaire, ils se sont mariés et ont eu une petite fille alors qu'ils étaient encore jeunes.

Mais ce qu'elle ne sait pas, sa jolie épouse, c'est que monsieur la trompe dès qu'elle part quelques jours avec sa fille. Quel enfoiré ! Il m'a bien eue !

Je comprends les cadres manquants sur les murs. Tout est rodé pour lui, il doit les cacher à chaque fois, des photos du couple parfait et de la petite fille modèle. Et il m'a invitée dans leur lit conjugal ! Je n'y crois pas ! Il avait même enlevé toutes ses affaires à elle. À moins que ce soit sa garçonnière, une chambre d'amis, après tout, toutes les autres pièces étaient toujours fermées... Je comprends tellement de choses maintenant ! Et je me suis bien fait avoir.

Le trajet jusqu'à l'aéroport est une agonie, mais je ne peux pas me permettre de m'arrêter de peur de rater mon avion. Je rends la voiture et enregistre mes bagages. J'ai l'impression d'être un zombie. Je trouve des toilettes pour me rendre un peu plus présentable et ne faire peur à personne dans l'avion, mais j'ai du mal à me reconnaître. Toute cette tristesse, est-ce juste à cause de Som ou parce que je me sépare de ma famille ? Je ne veux pas lui accorder tant d'importance, il ne le mérite clairement pas.

Je m'installe près de ma porte d'embarquement et somnole, essayant de ne pas penser à la nuit dernière ni à n'importe quel autre moment passé avec Som. C'est loin d'être efficace évidemment, c'est toujours comme ça, plus on essaie de ne pas penser à quelque chose et plus ces pensées-là tournent... Ne pensez surtout pas à un chat rose sur un vélo...

Je me force alors à revenir sur ma sœur, sur mes nièces. Mes parents de nouveau heureux ensemble. Le jour de Noël. C'est un peu comme la méditation, on revient sur sa respiration. Mais bon, la méditation et moi...

Ce qu'il me faut, c'est ma planche de surf. Là, je suis comme une yogini, concentrée, centrée et imperturbable. Oui, ça ira mieux à la maison. Jörvi me prendra dans ses bras, nous nous consolerons l'un l'autre...

Mon vol est appelé pour l'embarquement et je regarde mes SMS avant d'éteindre mon portable. Ma sœur et mes parents m'ont fait un dernier coucou. Jörvi m'informe qu'il sera à l'aéroport pour m'accueillir, comme prévu. J'hésite à lire le message de Som. Parce que lui, il ne sait pas que je l'ai vu et il a l'indécence de me dire que je lui manque déjà et qu'il est sûr que nous nous reverrons bientôt. Je prends le temps de lui répondre. *« Nous pourrons avoir des retrouvailles comme ce matin avec ta fille et ta femme ? P.S. Ne me contacte plus jamais. »*

Je bloque son numéro immédiatement et éteins mon portable. Mes larmes ont recommencé à couler. L'hôtesse qui prend ma carte d'embarquement me regarde sans aucune émotion avant de me souhaiter un bon voyage. J'imagine qu'elle a l'habitude des clients qui pleurent. Il y a tant de raisons de pleurer en partant loin de chez soi. De pleurer en retournant chez soi. Je ne sais plus dans quel cas de figure je me trouve ! Je me sens complètement perdue, je savais que je vivrais l'enfer en allant à la neige. Au moins, cette diablesse a finalement tenu sa promesse.

CHAPITRE 27

Je n'ai pas réussi à dormir dans l'avion, des images obsédantes m'en empêchant. Jörvi m'attend et il a l'air heureux, alors que je pensais le trouver aussi mal que moi. Sans me poser de questions, il me prend dans ses bras. Je respire son odeur familière et m'accroche à une de ses chemises hawaïennes qu'il s'obstine à porter depuis son arrivée. Je n'ai pas encore les mots pour tout lui expliquer et il m'accompagne jusqu'à la voiture. À la sortie de l'aéroport, la chaleur m'accueille comme un cocon rassurant. Au moins, je retrouve ce que j'aime. Quelqu'un que j'aime.

— Je suis contente que tu sois là, Jörvi…

— Et je reste ! Je vais t'expliquer tout ça, mais il y a eu du changement ! Des bonnes nouvelles, pour moi…

Il me raconte un peu ce qu'il s'est passé à la boutique, attendant notre retour dans notre jardin commun pour revenir en détail sur sa réconciliation avec Paul. Ce dernier lui a présenté sa famille… qui a été si choquée que personne n'a rien osé dire. Depuis, son père ne lui parle plus et sa mère ne le regarde plus dans les yeux, mais il a déjà apporté la moitié de ses affaires chez Jörvi. Je vais donc avoir un nouveau voisin ! Égoïstement, j'ai un peu peur que mon ami soit un peu moins disponible pour moi, mais sa joie est si communicative que je me réjouis pour lui. Et puis, il n'est pas là pour être ma roue de secours, il faut que je vole de mes propres ailes…

Il attend plus tard dans la soirée pour me poser la question qui fâche… Que m'est-il arrivé pour que je revienne dans un tel état ? Ça fait plaisir de savoir que non seulement je me sens au bord du gouffre, mais qu'en plus, c'est tout aussi flagrant vu de l'extérieur ! Mais je suis contente de me confier à mon ami et je lui explique donc toute l'histoire avec Som, car il me fait recommencer depuis le début. Je passe par toutes les émotions, c'est éprouvant.

— On dirait qu'il a essayé de te le dire…

— Pour sa fille, OK. Mais je ne crois pas qu'il aurait mentionné sa femme. Il avait enlevé les cadres photo de sa maison ! Tu te rends compte, il voulait vraiment me cacher tout ça. Et on a dû dormir dans la chambre d'amis, je ne sais pas…

— Tu le saurais si tu lui avais laissé te dire ce qu'il avait à te dire…

— C'est un menteur, Jörvi, comment peux-tu prendre sa défense ?

— Je ne prends pas sa défense, je suis de ton côté, poupée, tu le sais bien. Mais je sais aussi à quel point tu peux être bornée…

— Sa mère m'a dit qu'il était marié et je l'ai vu embrasser cette femme, que te faut-il de plus ?

— Tu as raison… Tu veux que je l'appelle pour l'insulter en islandais ?

— Je ne veux plus jamais en entendre parler. Je t'ai tout raconté ce soir et c'est la dernière fois que je veux penser à lui et à toute cette histoire. Je refuse que tu me reparles de lui !

— Je disais quoi déjà sur le fait que tu es bornée ? Tu sais bien que ce n'est pas possible ! Tu vas forcément y penser.

— Merci de ta confiance et de ton soutien… Sérieusement, il faut que je me le sorte de la tête. C'était une histoire impossible dès le début, mais il a fini par me faire croire qu'il y avait vraiment un truc entre nous… Enfin, j'ai fini par le croire et il m'a fait miroiter une possibilité. Je ne sais pas pourquoi, je ne comprends pas…

— Ça peut être pratique d'avoir une maîtresse qui n'est pas trop présente…

— Ouais, ça doit être ça. Il pensait venir me voir pendant que sa femme l'attendait sagement à la maison avec leur fille, puis il m'aurait invitée chez lui quand elles partaient... Quelle ordure, je te jure !

Mes larmes se remettent à inonder mes joues. De colère, cette fois-ci, je crois. Comment ai-je pu me faire berner à ce point ?

Les mois suivants, Som tente de me joindre à plusieurs reprises. Il a pourtant dû comprendre que je connaissais sa situation familiale par mon message, mais il est trop bête et insiste. Ou il me prend pour une imbécile et pense que je vais encore me laisser embobiner par ses belles paroles.

J'ai bloqué son numéro, mais il me laisse des messages avec d'autres téléphones, qu'il doit emprunter. Je ne réponds pas aux numéros inconnus, surtout ceux de France métropolitaine. Et dès que j'entends sa voix sur un message vocal, je le supprime directement. Pourtant, j'ai très envie d'entendre sa voix et d'écouter ses excuses, mais je me l'interdis pour ne pas replonger dans des sentiments ingérables.

Je me remets au travail à fond. L'ouverture de la seconde boutique arrive et la meilleure période de l'année est là, ce qui veut dire un maximum de touristes. Les gens veulent des cours de surf. Je suis bien occupée.

De plus, je me suis remise à la cuisine. Maintenant que Paul vit avec Jörvi, nous nous voyons un peu moins souvent, mais nous nous invitons. Je leur prépare de bons petits plats et eux aussi. Avant, nous improvisions avec Jörvi, mais maintenant, je ne veux pas trop leur imposer ma présence alors nous planifions. Je vois aussi beaucoup mes autres amis et je sors un peu plus seule. J'ai bien essayé de flirter, pour « remettre le pied à l'étrier » comme disent mes amis, mais je n'arrive même pas à avoir envie d'embrasser un homme. J'en ai croisé quelques-uns, de beaux spécimens. J'ai même accepté un restaurant un soir, pensant qu'un rencard était peut-être la solution, mais je n'ai pas pu aller plus loin. Même pas le fameux baiser sur le perron. Tout ce froid m'a apparemment rendue frigide. C'est sans doute mieux ainsi, je ne ressens aucun besoin de ce côté-là, alors pourquoi me forcer ? Je suis bien et heureuse comme ça. Je me suffis à moi-même. Je suis libre et indépendante. Ou seule et solitaire, au choix...

Je m'assomme d'activités et de travail pour tomber dans les bras de Morphée comme une masse le soir. La journée, mon cerveau tourne à plein régime pour le boulot. Ainsi, je n'ai pas à penser à ma vie personnelle.

Je ne suis bien que sur ma planche. Là, sur l'eau, je peux simplement ne penser à rien. Regarder les vagues, compter, attendre la bonne et me lancer. La sentir sous moi me porter. C'est le seul moment où je me sens en communion avec quelque chose, où je me sens vraiment vivante. Parce que sinon, je ne peux pas m'empêcher de penser à Som, malgré toutes les techniques mises en œuvre. À sa trahison, à ses baisers, à nos discussions, à nos étreintes. Nous avons eu peu de temps et il avait raison, nous avons vécu chaque instant intensément, nous avons pris tout ce que nous avons pu et je ne regrette rien. Sauf que c'est terminé. Qu'il m'ait menti. S'il m'avait dit qu'il était marié, je ne me serais jamais lancée dans cette relation et mon pauvre petit cœur aurait été épargné. C'est sa faute, à ce sale menteur, et je le déteste !

CHAPITRE 28

La nouvelle boutique est ouverte depuis une semaine maintenant. Jörvi est venu m'aider à fixer encore quelques étagères pour les derniers produits. Il est tard, nous sommes seuls, la plupart des gens sont repartis. D'autres traînent encore sur la plage ici et là. Nous sommes fin mars, la haute saison bat son plein et cette nouvelle boutique semble attirer sa clientèle – c'est chouette, j'ai encore vu juste au niveau professionnel. Si j'étais aussi douée sur tous les plans...

— Mademoiselle ? Vous me conseilleriez quoi comme planche pour atteindre le sommet de la vague ? Les sommets, c'est un peu mon truc...

Cette voix, cette arrogance, ce ton... Mon cœur se met à battre à tout rompre.

Je ferme les yeux. Je ne peux pas et ne veux pas me retourner.

Et s'il n'était pas vraiment là ? Et si ce n'était pas lui ?

Ou pire, si c'était vraiment lui ? J'ai pu l'éviter par téléphone à 7 000 kilomètres de distance, mais je fais comment s'il est juste là, dans ma boutique ?

— Emma ? Regarde-moi ! insiste-t-il.

Je me retourne et mes yeux me piquent. Il me sourit timidement et esquisse un mouvement pour me prendre dans ses bras, mais je secoue la tête et mon regard l'en dissuade. Malgré tout, je ne peux pas m'empêcher de remarquer à quel point il est beau. En tee-shirt, short et sandales, il est incroyablement sexy. En même temps, j'ai vérifié il y a à peine quelques mois : il est sexy dans beaucoup de tenues différentes et même dans le plus simple appareil... Non, non et non, je ne peux pas penser à ça, il faut que je le vire de ma boutique.

— Mais qu'est-ce que tu fais là ? J'ai bloqué ton numéro et n'ai répondu à aucun de tes messages, ce n'était pas clair ? Je ne veux pas te voir, je ne veux pas de tes explications et tu n'as rien à faire ici...

— Mais laisse-moi te parler quand même ! J'ai fait tout ce chemin pour ça, pour toi. S'il te plaît ! Tu as eu mes messages ?

— Je les ai eus...

— Mais tu les as écoutés ?

— Ah, ça non ! Et je ne veux toujours pas ! Maintenant, va-t'en !

Intrigué par mes cris, Jörvi vient se placer à côté de moi pour me protéger en cas de besoin.

— Je crois qu'il est temps que vous partiez ! lance-t-il à Som.

— Non ! Je reste, je dois lui parler.

Jörvi le regarde, puis ses yeux se plantent dans les miens.

J'acquiesce. Mon ami a très bien compris qui est l'homme devant lui et nous commençons à nous disputer alors que Som nous regarde l'un après l'autre.

— Emma, ça fait des mois que tu es malheureuse de ne pas savoir ce qu'il se passe vraiment. Tu t'obstines à rester dans ta déprime. Il est là, laisse-lui au moins une chance de t'expliquer, poupée...

— Non, Jörvi, tu sais très bien ce que j'en pense !

— Cesse de faire ta tête de mule et parle-lui ou tu le regretteras. Je vais faire le garde devant la boutique. Personne ne rentrera pendant que vous parlez, mais vous ne sortirez pas non plus tant que vous n'aurez pas eu cette discussion !

— Tu ne vas quand même pas me séquestrer dans mon magasin ? Pas avec lui !

— Je vais me gêner !

Sur ce, il part et claque la porte. Som se manifeste alors...

— Enfin un être sensé !

Je lui souris narquoisement et croise les bras. J'attends. Je fais la moue et tape du pied. Je joue ma mauvaise perdante, mais je crève d'envie de connaître enfin la vérité. J'espère qu'elle n'est pas aussi horrible que je me la suis imaginée. Mais au moins, je pourrai tourner la page... peut-être. Je me sens comme une toute petite chose fragile et je déteste ça. Je me suis reconstruit une carapace, mais elle n'est pas encore assez solide pour faire face à toutes ces émotions qui menacent de me submerger. Je risque la noyade hors de l'eau...

— Emma, j'ai essayé de te parler de Mia à plusieurs reprises...

— Oui, à la fin, parce que...

— Non, Emma. À la fin, tu as vraiment fait l'enfant, mais depuis le début, tu me coupais la parole à chaque fois que j'évoquais un sujet un peu plus intime, plus personnel. Tu changeais de conversation immédiatement. Je voulais t'en parler tout de suite, au restaurant. Mia est la personne la plus importante dans ma vie et je voulais te parler d'elle. C'est elle que j'attendais devant la piscine. Quand je t'ai vue avec ta nièce, j'ai d'abord cru que nous avions la même histoire... que ça nous rapprocherait...

— Tu délires ? Si on était tous les deux mariés avec des enfants, tu trouves vraiment que ce serait un motif de rapprochement ?

— Non, je veux dire divorcés.

— Mais ta mère m'a dit à la piscine que tu étais marié !

— Étais. C'est du passé, Emma.

— Ça n'avait pas l'air si passé que ça devant le restaurant !

— Le restaurant ? C'est donc bien ça que tu as vu ? Je me suis posé tant de questions depuis ton départ sur ce que tu avais vu ou cru voir et ce que tu t'étais imaginé... Je me suis douté que tu avais été témoin de cette scène. Nous avions rendez-vous à l'heure où tu devais partir, alors... Et Julie a dû m'embrasser. Elle le fait toujours. Elle est comme ça, on se connaît depuis si longtemps qu'elle continue de m'embrasser à chaque fois qu'on se voit.

— Et tu trouves ça normal ? Tu ne dis rien ? Elle t'embrasse sans ton consentement, c'est ça ? Tu vas encore te la jouer pauvre mec qui se fait draguer et qui n'en peut plus ? Tu me prends vraiment pour une conne ou quoi ?

— Écoute, Emma, c'est une longue histoire. Allons prendre un verre ou allons au restaurant et je te dis tout. Comme j'ai voulu le faire avant que tu partes. Je savais qu'il valait mieux le faire alors, mais... mais tu es têtue...

— Oui, évidemment, c'est ma faute si tu ne peux pas dire non à ta femme.

— Emma... Tu crois vraiment que j'aurais fait tout ce chemin pour te raconter tout ça si ce n'était pas avec toi que je veux être ? Tu m'avais dit que la distance aiderait peut-être, que ça suffirait pour ne plus penser à toi, mais c'est faux. Je me suis imaginé le pire quand tu ne me répondais pas. C'est ta sœur qui m'a dit que tu étais simplement fâchée, mais elle a refusé de me parler ou de m'en dire plus... S'il te plaît, accorde-moi juste une soirée et si tu veux que je parte et ne plus jamais me revoir, alors je partirai. Sans mon cours de surf. Je n'essaierai même plus de t'appeler, tu as ma parole !

Je souffle et perds ma contenance. J'ai beau continuer à crier pour garder le dessus, pour faire croire que je ne viens pas de faire l'idiote pendant trois mois, je sais qu'il n'a rien fait de mal. Que son histoire est juste compliquée. Comme toutes les histoires qui finissent mal.

Mais rien n'est résolu de notre problématique première : nous vivons loin. Sa fille complique la donne. Alors, pourquoi insister ? En plus, il ne connaît rien de moi. Quand je vais lui dire pour Nico, il risque bien de fuir aussi rapidement que possible et je le comprendrai.

Pour l'heure, je me dois de l'écouter.

Il est là, devant moi, et j'ai du mal à ne pas lui sauter dans les bras. Je sais que c'est une mauvaise idée, mais j'ai suffisamment souffert, je ne peux plus attendre.

Je ferme les yeux et capitule. Je me pelotonne contre lui et inspire son odeur. Je le serre et il passe immédiatement ses bras autour de moi en soupirant. Il dépose un baiser sur ma tête. Des larmes roulent sur mes joues.

Je les essuie et me détourne de lui pour ne pas qu'il les voie. Je vais rejoindre Jörvi qui s'est posté devant la porte, jouant au videur.

— Hé, ça va, poupée ?

— Oui. Je crois qu'on se doit des explications, en effet. Ça risque d'être long… Il a son histoire et j'ai la mienne, alors…

— Tu vas lui parler de Nico ?

— Bien sûr. Il est temps. Tu peux fermer la boutique ?

— Évidemment ! Et j'ouvrirai demain matin aussi. Paul s'occupe de Surf'n'board. Prenez votre temps et on annule le dîner ce soir.

— Jörvi, tu es un ange ! Merci.

À son tour, mon ami me prend dans ses bras. Il me murmure quelques paroles rassurantes et me relâche. J'appelle Som, qui me rejoint dehors. Je lui demande de me suivre avec son véhicule de location et je profite du trajet pour me blinder.

CHAPITRE 29

Je me gare devant chez moi. Un bar ou un restaurant ne me paraissait pas vraiment approprié – entre nos cris et mes pleurs de tout à l'heure, je préfère ne pas me donner en spectacle en public. Nous nous installons donc sur ma terrasse. Je lui sers un jus de fruits frais sans lui demander son avis et il s'assied.

— Je dois comprendre quelque chose par rapport à ce type qui t'appelle « poupée » ?

— Jörvi ? C'est mon ami, je t'en ai parlé cet hiver...

— Ton ami gay ?

— Oui.

— Alors, ça va.

— Tu es rassuré qu'il soit gay ?

Il sourit et nous nous regardons un instant sans rien dire. J'ai stratégiquement choisi la chaise en face de lui, la table étant entre nous, pour ne pas être tentée par un rapprochement trop précoce. Je dois être certaine de moi cette fois... même si je me sens déjà très faible sous son regard charmeur. Et ce sourire...

— Et Nico ? C'est qui ?

— Donc tu écoutes aux portes ?

— Si un mec t'appelle « poupée » et te prend dans ses bras, je m'interroge, c'est tout...

— Il me protège aussi des hommes des cavernes ! Il est vraiment formidable !

— Il a l'air... Nico aussi, c'est un ami gay ?

— Non. Nico, c'est mon ex. Mais toi d'abord. Parce que le 3 janvier, tu n'avais clairement pas l'air d'être divorcé... ou alors ta femme n'est pas au courant...

— En fait, pour tout te dire, nous ne sommes pas officiellement divorcés. C'est plus simple pour la petite.

Je pince les lèvres. Je sens les larmes qui montent de nouveau. Ce n'est pas vrai, je ne suis pas si faible normalement !

— Vous êtes mariés et elle t'embrasse... Tu es sûre qu'elle est au courant, elle, que vous n'êtes plus ensemble ?

— Oui, elle est au courant. Toute la station est au courant. C'était son choix à elle. Nous nous connaissons depuis tous petits, nous étions à l'école ensemble. On s'est fait des bisous en primaire, on est sortis ensemble au collège puis au lycée. Ma première fois, c'était avec elle. On a cassé et repris sans arrêt, mais tout le monde nous voyait finir notre vie ensemble. Nous avons eu d'autres histoires par-ci par-là, mais rien d'autre de bien important. Et moi, j'avais d'autres idées en tête, tous ces sommets, le sport... C'est tout ce qui m'intéressait et quand j'avais envie d'être avec quelqu'un, elle était toujours là, alors je n'avais pas vraiment à chercher plus loin. Puis on se séparait parce qu'elle ne supportait pas que je parte sans arrêt. Elle n'a jamais été très sportive. Je ne sais pas trop pourquoi elle est restée habiter en station...

Il s'arrête un instant et souffle. Puis il finit son verre et regarde le fond alors qu'il me raconte la suite.

— Une fois, elle a oublié de prendre sa pilule. Le lendemain, je partais en rando et elle devait aller à la pharmacie pour une pilule du lendemain. Elle n'a pas pu s'y rendre. Elle s'est dit que ce n'était pas grave, pour une fois, et puis... Mia était conçue. Comme tout le monde nous voyait finir notre vie ensemble, alors nous avons décidé de nous poser. Julie en avait marre des ragots de la station, marre de rester là-haut, elle a voulu s'installer en ville. Alors on est allés habiter à Lyon. Je l'ai épousée, pour faire les choses dans les règles. J'ai trouvé un emploi respectable dans une banque et elle est entrée dans une grande entreprise, une multinationale. C'est là que tout a vraiment basculé. Très vite, et même avant la naissance de Mia, elle a commencé à monter les échelons. Elle a à peine pris le temps pour accoucher qu'elle retournait déjà bosser. C'est moi qui me suis occupé de notre fille. Julie n'était jamais là et je ne pouvais pas l'accompagner aux diverses soirées auxquelles elle se rendait parce que je gardais la petite. Ces soirées du boulot sont rapidement devenues plus importantes que tout le reste pour elle. Je crois qu'au début, elle se vengeait de mes randos en montagne, de toutes mes absences lorsque nous étions plus jeunes, mais elle s'est vite prise au jeu. Elle a fait des rencontres aussi, je crois. Et puis un soir, elle n'est pas rentrée. Ça faisait des mois que nous n'avions plus de rapports, plus de véritable relation même, nous ne nous parlions même plus. Le lendemain, je suis reparti en station avec ma fille. Julie m'a même aidé à faire nos valises. J'ai hérité du chalet de mon oncle et ma mère me rend souvent service en gardant Mia. Julie ne prend jamais le temps de voir sa fille. J'ai dû insister pour qu'elle la prenne pour le Nouvel An. Je savais qu'elle était en vacances et comme Mia réclamait de rencontrer sa mère, j'ai forcé un peu les choses. Mia croit parfois qu'elle n'a pas de maman, tu te rends compte ?

Je lui prends la main et il me regarde enfin. Une grande tristesse se lit sur son visage. Je le laisse se remettre de son histoire et vais chercher quelques tapas pour l'apéro.

— Je suis désolée pour tout ça. Cependant, ça ne m'explique toujours pas pourquoi elle… enfin, pourquoi Julie t'embrassait le 3…

— On l'a tellement fait et pendant si longtemps que quand on se voit, elle a tendance à continuer…

— Et toi, tu tombes dans le panneau à chaque fois ? Ça continue entre vous, à chaque fois que tu la vois, comme quand vous étiez jeunes ?

— Non, bien sûr que non. Nous ne sommes jamais ressortis ensemble. Mais même quand on ne se parlait plus et qu'on habitait ensemble, on s'embrassait. On dormait ensemble aussi, mais il n'y avait pas de relation, ça ne voulait rien dire, tu vois. C'étaient juste des habitudes. Le jour où tu nous as vu, en plus, c'était la nouvelle année. Elle a toujours besoin de proximité, elle veut absolument plaire, elle passe d'un homme à un autre, et en même temps, elle essaie toujours de revenir. Elle pense que nous nous remettrons ensemble un jour. En tous cas, c'est ce qu'elle dit. Je crois qu'elle veut me garder sous le coude au cas où, tu vois ? Ce n'est pas très glamour…

— Et toi, tu es sûr que tu ne voudrais pas te remettre avec elle ? S'il y a moyen… c'est quand même la mère de ta fille.

— Non. Je ne sais même pas si c'était vraiment de l'amour, même au début. Nous nous connaissions depuis toujours, c'est tout. Et puis, ce n'est plus la même personne de toute façon. Elle est devenue tellement vaniteuse… Bon, elle l'a toujours été un peu, mais là, elle dépasse toutes les bornes, tu vois. Quant à Mia… ce qu'elle lui a fait… je ne lui pardonnerai jamais de l'avoir délaissée. Comment peut-on abandonner son enfant comme ça ? En tout cas, à chaque fois qu'elle m'embrasse ou se rapproche, je lui demande d'arrêter son cirque, de se comporter normalement. Mais de toute façon, je la vois très peu…

Il souffle. Il a l'air tellement fatigué. Peut-être de Julie. Ou c'est le décalage horaire. Il reprend :

— Voilà, tu connais toute l'histoire. Ça fait deux ans que je suis revenu à la station. Depuis, j'ai eu une seule relation, un égarement d'un soir et c'était une catastrophe alors je me suis dit que j'allais attendre que Mia grandisse… Je m'étais dit que je verrais plus tard… et puis tu as débarqué en râlant et je n'arrive plus à te sortir de mon crâne !

154

— Tu n'es pas le premier à chercher le bouton *off* pour que j'arrête de râler... mais personne ne l'a trouvé !

— Je veux bien me donner la peine de chercher encore...

Son regard lubrique se pose sur moi, mais il détourne les yeux rapidement. Nous n'en sommes pas là, je ne pense pas qu'il me regardera encore comme ça après ce que moi, j'ai à lui raconter.

Un ange passe et il bâille. Je lui demande s'il veut rentrer à l'hôtel. S'il est trop fatigué pour continuer... nous pourrions reprendre demain ? Je cherche à fuir, mais il ne me laisse pas faire, c'est mon tour et il attend que je lui raconte mon histoire.

Alors je m'y attelle. Je lui dois la vérité. Si nous voulons essayer de trouver une solution pour nous voir, il faut que nous soyons au clair.

Donc, je lui raconte tout. Ma rencontre avec Nico lorsque j'ai trouvé du travail dans son cabinet comptable. La stabilité que je pensais atteindre avec cet homme droit et organisé. Un peu plus âgé. Il calmait mon tempérament électrique. Puis rapidement, les disputes, les incompréhensions entre nous... vite résolues sur l'oreiller. Mais qui restaient présentes tout de même.

Je lui raconte la demande en mariage. Comme je n'ai pas su dire non au bon moment. Puis la fin, l'annulation du mariage, mon départ précipité, l'arrivée en Martinique. Mes histoires d'un soir. Et même, depuis mon retour en janvier, mes tentatives de « remettre le pied à l'étrier »... en vain.

— Je ne suis pas quelqu'un de stable pour une relation, Som. Je suis impulsive, râleuse et indigne de ta confiance. Et maintenant que je sais que tu as Mia... si ça se passe comme avec Nico, je...

— Emma, tu as vu avant le mariage, avant un potentiel enfant que vous n'étiez pas faits pour être ensemble. Tu es plus douée que nous, plus douée que moi...

155

Nous nous regardons un moment. Nous avons tous les deux déjà beaucoup perdu.

— Tu as Mia. J'ai mes boutiques. Tu vis dans le froid et j'ai besoin de chaleur. Je ne suis pas quelqu'un de confiance et tu te traînes une ex relou. Tu vois, savoir ne nous aide pas. Nous en sommes toujours au même point. Pas de sommet pour nous.

— Un sommet inaccessible. J'en ai grimpé plusieurs des comme ça et je suis arrivé au bout, Emma. Il y a toujours une solution, il faut juste bien s'accrocher pour ne pas tomber.

— Encore une différence notable entre nous. Moi, je me laisse porter par la vague et je fonce tant que c'est possible, mais je me laisse volontiers tomber. Je fuis devant la difficulté.

Les coudes sur la table, il met son visage dans ses mains et frotte sa peau. Il souffle. Il a l'air tellement mal et je me sens si vide. J'ai juste besoin de le toucher, de le sentir tout près de moi. Alors je me lève et fais le tour de la table sans bruit. Il ne m'entend pas arriver, alors quand je mets ma main sur son épaule, il sursaute.

Il se repose dans le fond de la chaise en me regardant d'un air interrogateur et je m'assieds sur ses genoux. Je me pose en boule contre son torse. J'entends son cœur battre très vite et il m'entoure de ses bras. Il embrasse le dessus de ma tête et je relève le visage vers lui. Puis, doucement, je pose mes lèvres sur les siennes, incertaine de ce qu'il éprouve ou de ce qu'il veut ou non de moi à ce moment-là. Mais il répond tendrement à mon baiser. Je me redresse un peu pour que nos langues puissent s'entremêler. Nous prenons notre temps. Nous hésitons. Comme si nous avions peur. Pour moi, c'est le cas, d'ailleurs. Je suis terrifiée de la suite des événements.

Som passe une main sous mes bras, une autre sous mes genoux et il me soulève en se levant de la chaise. Il me porte à l'intérieur et je lui pointe la direction de ma chambre.

Il m'allonge sur le lit et se place en face de moi, me prenant dans ses bras. Et nous restons là, enlacés, sans rien dire.

— Je te l'ai demandé plusieurs fois, tu sais... chuchote-t-il alors que ses yeux se ferment. De rester... Je ne voulais pas te laisser partir... mais tu n'entendais jamais. J'aurais dû te le dire plus franchement. Je regrette, Emma.

Fatigué par le décalage horaire, il s'endort sans attendre de réponse. Je me souviens de toutes ces fois où je n'ai pas voulu entendre ce qu'il me disait... Au Nouvel An, dans la douche... je suis vraiment bornée quand je m'y mets !

En tout cas, il est encore tôt pour que je me couche et je me détache de lui tout doucement pour ne pas le réveiller. Je le regarde un instant, là, dans mon lit. J'imagine soudain que c'est la chose la plus normale au monde, que c'est sa place.

Je vais prendre une douche et mets mon paréo, sans prendre la peine d'enfiler de sous-vêtements. Vu l'heure, ça ne sert à rien. Comme tous les soirs, je m'enroule donc dans le tissu fin et le noue pour qu'il tienne. Je me sers un grand verre d'eau et, comme souvent le soir, je vais m'installer avec ma liseuse dans un hamac derrière la maison.

CHAPITRE 30

Je crois qu'un papillon me réveille. Un papillon aux effluves masculins. Puis je me rends compte que ce sont les lèvres de Som sur mon front et mon nez qui me tirent agréablement de mon sommeil. Au tour de mes yeux de papillonner pour s'ouvrir. Et il est bien là, je n'ai pas rêvé, il est bien venu jusqu'à moi. Je fais mine de me lever, mais il me retient.

— Ne te lève pas. J'ai hésité à te réveiller, mais je ne voulais pas partir comme un voleur… Je comprends que tu n'aies pas voulu dormir avec moi, je vais partir à présent…

— Ce n'est pas ça, Som, je voulais te laisser dormir à cause du décalage horaire et moi, je ne pensais pas être fatiguée… Pour ma décharge, je tiens à te signaler que je dors souvent ici à l'air libre plutôt que dans ma chambre.

— OK. En tout cas, je te prends un verre d'eau et je pars…

Je me lève et me dirige vers la cuisine pour lui proposer un thé glacé, qu'il accepte. Il regarde le carrelage au sol alors que je suis incapable de fixer autre chose que lui.

— Mia est ma priorité absolue, mais je crois que voir son père heureux serait une bonne chose pour elle. C'est pour ça que je suis venu. Il m'a fallu du temps pour que Julie accepte de la garder une semaine. Une malheureuse petite semaine. Ma mère prend le relais ensuite. Je reste une dizaine de jours. Je repars le 3 avril… Je crois vraiment que nous pouvons être heureux et que ça vaut au moins le coup d'essayer. Maintenant, c'est à toi de voir. J'ai écrit le nom et le téléphone de mon hôtel sur un bout de papier dans ta chambre.

Il pose le verre bruyamment sur le plan de travail de la cuisine et je sursaute.

— La balle est dans ton camp, Emma.

158

Puis il part et je ne réagis pas. J'ai relevé l'ironie de sa date de départ, bien sûr. Je suis partie le 3 janvier, il part le 3 avril…

Mais pour l'instant, il est là. Il était là devant moi, avec moi, dans ma maison, ma cuisine, mon lit et je le revois déjà partout, j'ai maintenant des souvenirs de lui dans ma maison. J'avais du mal à l'effacer de ma mémoire, mais je sais bien que c'est impossible à présent. Comment fait-il dans le chalet ? Dans son lit ?

J'entends le moteur de sa voiture qui démarre et je me mets à courir. Je rejoins la cour et je vois son véhicule reculer dans mon allée. Je lui fais signe d'arrêter. Heureusement, il me voit. Alors je le rejoins.

— Ne pars pas, Som. S'il te plaît, reste avec moi ! Si nous n'avons que dix jours, alors profitons-en. Annule ton hôtel, reste ici avec moi.

Sans me quitter des yeux, il expire longuement, comme s'il avait retenu sa respiration tout ce temps. Ses épaules se relâchent. Puis, en un mouvement fluide, il sort du véhicule et me prend dans ses bras. Il me caresse le dos et je l'embrasse. Pas tendrement cette fois-ci. Je lui montre que j'en veux plus, que je le veux lui, tout entier.

— Dis-moi que tu n'es pas totalement nue sous ce léger tissu…

— Pourquoi ?

— Parce que… les voisins ?

— Oh, les voisins, ils ont déjà tout vu, je crois, et je ne les intéresse pas… Jörvi et Paul, il y a plus de chances qu'ils aient envie de te mater toi…

— OK, mais tu sais que ça pourrait bien me rendre un peu fou aussi ? Me donner des idées, des projets…

— Et tu comptes les mener à bien ?

— Bien, bien, même !

— Et bientôt ?

— Quand tu veux ! Tu n'as qu'un mot à dire…

— Je pourrais déjà te montrer comment ça s'enlève... C'est un peu plus subtil que la fermeture éclair d'une combinaison de ski, tu sais.

— Je suis très intéressé en effet, il va falloir que je me fasse aux coutumes locales...

— Ouais, eh bien, pas trop quand même... Viens.

Je lui prends la main et le ramène dans ma maison, dans ma chambre.

Je tire sur le nœud improvisé que j'ai fait tout à l'heure et le tissu tombe à mes pieds sans cérémonie. C'est sûr que c'est moins long que d'enlever cinquante pulls !

Som me regarde, sans rien dire et sans bouger. Je le vois contracter ses mâchoires et je rougis sous son regard inquisiteur.

— Je t'ai connu plus entrepreneur... C'était trop rapide pour toi, il te faut plusieurs couches de vêtements pour réagir ?

— Non, je me délecte du spectacle...

— Tu le connais, celui-là, pourtant.

— Non. Pas comme ça ! Avant, je voulais profiter de notre temps ensemble et ne pas trop me souvenir non plus, pour que ce soit plus facile d'oublier, mais là, je veux graver chaque partie de toi dans ma mémoire. Tu m'as tellement manqué, je dois te fixer là-dedans, ajoute-t-il en tapotant sa tempe.

— Je croyais que tu cherchais le bouton *off*...

— Je sais déjà où est le *on*...

Et ses yeux descendent jusqu'à mon entrejambe qui se contracte tout seul sous son regard. Il ne va quand même pas parvenir à me décrocher un orgasme juste en me regardant, quand même ? Je fais un petit tour sur moi-même pour qu'il puisse apprécier chaque face, ce qui le fait rire.

Puis je soulève son tee-shirt, qu'il m'aide à enlever parce que je suis bien trop petite pour le faire passer au-dessus de sa tête. Enfin, je m'attaque à son short, que je fais tomber en même temps que son caleçon. Je vois qu'il est tout aussi excité que moi.

Alors je m'allonge sur le lit, l'attirant sur moi. Le contact de nos corps me fait vibrer et il prend une grande inspiration saccadée. J'attrape tout de suite un préservatif, car j'ai besoin de le sentir en moi sans tarder, l'attente a été suffisamment longue. Sans paroles, je sais qu'il ressent la même chose, je vois l'urgence dans son regard, dans les gestes de ses mains qui ouvrent le sachet impatiemment.

Et enfin, il s'enfonce en moi d'un seul coup. Je pousse un long râle salvateur et me contracte autour de lui sans contrôle, comme si tout en moi voulait le retenir cette fois-ci. Qu'il ne parte plus jamais. Il m'embrasse intensément puis bouge sur moi, en moi avec de plus en plus de vigueur.

Et nous ne nous arrêtons pas avant la délivrance. Je l'accompagne et nos orgasmes arrivent simultanément. Puissants et… bruyants. Heureusement, les voisins ne sont pas du genre à se plaindre.

Nous rions et il s'étale sur moi, m'écrasant sous son poids de montagnard carrossé.

— Hé, j'ai besoin de respirer, tu sais !

— Alors, profites-en maintenant, poids plume, parce que je ne vais pas te laisser beaucoup de répit !

Il se rejette sur le côté puis se lève en m'annonçant qu'il a besoin d'une douche. Il ne me demande rien et je suis sûre qu'il est assez grand pour trouver une serviette sur l'étagère. J'entends l'eau couler, puis des pas. Il revient avec deux grands verres d'eau que nous avalons rapidement pour le deuxième round, beaucoup plus tendre et doux.

CHAPITRE 31

Alors que les premiers rayons du jour apparaissent, je l'entraîne dehors. Je vais chiper un maillot de bain sur l'étendage des voisins et le donne à Som, qui l'enfile sans me questionner. Nous regagnons la plage par le petit chemin derrière la maison, d'où nous regardons l'aube et ses magnifiques couleurs. Le jour se lève si vite ici, il faut être rapide pour pouvoir l'observer.

J'amène Som jusqu'à ma petite boutique, la première ouverte, qui est tout près de chez moi. Dans l'espace location, je m'empare d'une planche.

— Voilà ! C'est ça qu'il te faut pour débuter.

Som prend le surf que je lui tends et le détaille sous tous les angles alors que je vais à l'arrière pour m'emparer du mien.

— Goofy ou regular ?

— Goofy. Toi ?

— Pareil.

Les termes sont similaires à ceux du snowboard et je me doute que ce mec, qui semble tout savoir faire, va me surprendre.

Ce matin, la mer n'est pas trop agitée. Les vagues sont parfaites pour débuter. Je lui explique les rudiments.

— Pas le temps de pinailler en haut de la piste pour réajuster un truc ici ! On n'est pas au ski. On ne s'arrête pas en route. Tu poses tes pieds en même temps et c'est parti !

— C'est compris, poupée…

Je ne relève pas le sobriquet et continue mes explications. Il écoute attentivement. Nous faisons quelques essais avant de rentrer dans l'eau et il sourit déjà. Je crois que l'idée lui plaît, mais, une fois que nous sommes dans l'eau et que je le vois sur sa planche, je suis absolument certaine qu'il va adorer.

162

Les premiers essais sont timides, mais il apprend vite, surtout qu'il a déjà un peu pratiqué dans la piscine de la station. D'autres surfeurs arrivent puis la boutique ouvre et nous allons prendre un café avec Jörvi. Mais Som retourne dans l'eau rapidement, il insiste. Ça pourrait vite tourner à l'obsession… et ça me rappelle quelqu'un ! En tout cas, son sourire s'agrandit à chaque nouvelle tentative. Je le vois discuter avec d'autres surfeurs, tranquillement assis à attendre sa vague. Il semble dans son élément.

Et il finit par réussir. Je le vois debout sur sa planche un long moment. Il est concentré. Et lorsqu'il ressort de l'eau après une belle chute, il sourit de toutes ses dents, heureux de découvrir ces sensations incroyables. Il pose la planche sur la plage et vient m'embrasser. Il ne dit rien, mais je vois de la malice briller dans ses yeux. Il aime le surf et j'ai appris récemment que je ne détestais pas tant le froid que ça… Nous allons trouver un compromis, c'est certain, et aucun de nous n'aura à travailler dans une banque ou un cabinet comptable !

ÉPILOGUE

Ce compromis, nous l'avons trouvé.

C'est à peine un arrangement. Une amélioration, peut-être même ? Entre Martinique et métropole, chaud et froid, mer et neige.

Nous avons essayé au début avec Som de nous séparer quelques mois ou quelques semaines pour être chacun dans son élément, mais sans l'autre, nous ne sommes bien nulle part. Alors nous faisons autrement. Nous passons l'été et un peu de l'hiver à la montagne et le printemps et l'automne en Martinique. Nous profitons donc de ce que nous aimons et de nos familles ainsi que de nos amis. Tout est parfait. Voilà maintenant trois ans que nous nous connaissons avec Som et, si la passion du début s'est transformée, nous sommes toujours plus épris l'un de l'autre. Notre relation est toujours très chaude et nous rions beaucoup.

Les boutiques en Martinique marchent du tonnerre. Jörvi et Paul s'en occupent lorsque nous sommes en France et le reste du temps, nous travaillons joyeusement tous ensemble. À la montagne, Som profite de ses autres activités préférées. Nous passons un peu plus de temps en Martinique pour l'école de Mia, mais Som adore le surf et il ne s'en plaint pas.

Oui, trois ans quasiment jour pour jour que nous vivons cet amour, car c'est aujourd'hui Noël.

Som et moi sommes assis par terre, devant la cheminée, bien au chaud, dans le chalet des beaux-parents de ma sœur. Tout le monde est là, la famille de Roy et la mienne. Même la mère de Som est avec nous. Et ma petite famille à moi aussi. Nous regardons tous les enfants, émerveillés devant la montagne de cadeaux.

Som embrasse mon front.

— Non, non, non, Mia ! la gronde Fiona. Tu ne peux pas ouvrir ce cadeau-là, ce n'est pas le tien ! Regarde, ça commence par un F. Un F comme Fiona. Toi, ton prénom, ça commence par un M !

Et Fiona lui prend le cadeau des mains pour aller s'installer plus loin et l'ouvrir. Toujours aussi chipie, ma filleule ! La pauvre petite Mia nous regarde et je vois son menton trembler.

— Il y a plein de cadeaux pour toi aussi, Mia. Le Papa Noël a beaucoup pensé à toi. Regarde si tu vois un grand M sur le gros paquet avec le nœud rose derrière toi.

Elle prend le paquet et plisse les yeux pour mieux lire l'étiquette. Puis elle me sourit et me regarde avec un air triomphant. Heureuse, elle s'attelle à l'ouverture de son cadeau. Som resserre son étreinte autour de moi. J'adore cette petite et sa moue qui me rappelle son père. Nous avons pu construire une belle relation et elle a même fini par m'appeler Maman Emma. Je n'ai jamais eu le cœur de lui faire rectifier et Som ne dit rien, alors je suis fière de compter autant pour elle. Surtout que sa mère, Julie, a été mutée par sa société et est partie aux États-Unis. Depuis, c'est silence radio alors qu'en Martinique, nous ne sommes pas très loin d'elle…

Fabia arrive avec un cadeau bleu et me le tend.

— Celui-là, il dit Mattéo.

Après Emily et Emma, Fiona et Fabia, nous avons décidé de garder la tradition en choisissant le prénom de notre fils. La première lettre de son prénom est donc la même que celle de sa sœur et nous avons donc Mia et Mattéo. Mattéo a tout juste cinq mois. Je donne le petit à son père et ouvre le cadeau en regardant ma sœur. Elle attend le troisième et c'est un garçon aussi, mais elle continue de couvrir son petit-neveu de cadeaux. Mia aussi est gâtée, d'ailleurs, elle ne l'oublie jamais.

Je regarde la combinaison de ski taille miniature et le short de bain assorti. Une tenue adaptée à chaque endroit, température et activité, c'est idéal !

Tout est parfait désormais. Les solutions existaient, il suffisait de les mettre en place et d'autres réponses arriveront lorsque des problèmes se présenteront. Ensemble, nous les trouverons.

Je vis un rêve. Peu importe où je suis. Le chaud et le froid, tout me convient aujourd'hui.

Avec Som, nous avons atteint tous les sommets.

Où que je sois, je suis bien et ça, c'est le paradis !

Vous avez aimé *Un Noël au Som(met)* ?

Laissez 5 étoiles et un joli commentaire pour motiver d'autres lecteurs !

Vous n'avez pas aimé ?

Écrivez-nous pour nous proposer le scénario que vous rêveriez de lire !
https://cherry-publishing.com/contact

Pour recevoir le premier tome de Sculpt Me, la saga phénomène de Koko Nhan, et toutes nos parutions, inscrivez-vous à notre Newsletter !

https://mailchi.mp/cherry-publishing/newsletter

CPSIA information can be obtained
at www.ICGtesting.com
Printed in the USA
BVHW051442171121
621855BV00017B/191

9 781801 160568